THANK YOU
HAVE A NICE DAY

Joanna Zhou & Lisa Stejskal

Cute Life Hacks

Geniale DIYs und IDEEN,
die dein Leben schöner machen

Illustriert von typealive

FSC
www.fsc.org
MIX
Papier aus verantwortungsvollen Quellen
FSC® C018236

ISBN 978-3-7432-0568-0
1. Auflage 2019

Innenillustrationen: typealive
Illustration auf S. 16 und S. 156: Joanna Zhou
Fotos: © Lisa Stejskal und Joanna Zhou
Umschlaggestaltung: Ramona Karl
Redaktion: Sarah Braun
Printed in the EU

www.loewe-verlag.de

INHALT

HALLO, CUTIENATOR!

Hier sind Lisa und Joanna von *Cute Life Hacks*, dem YouTube-Kanal, auf dem sich alles um Bastelprojekte, Inspirationen und Hacks dreht, die das Leben einfacher und lustiger machen sollen! Wir haben so viele tolle Ideen, die leider nicht alle in unsere Videos passen. Deshalb haben wir diese kreativen Tipps und Tricks jetzt exklusiv für euch gesammelt und in diesem Buch zusammengefasst.

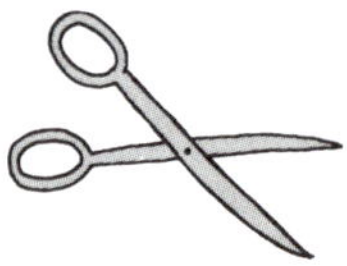

DIYs

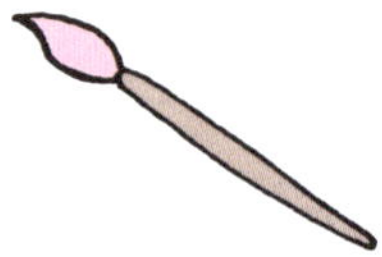

Besonders viel Platz haben Bastelprojekte in diesem Buch bekommen. Ob Deko-DIYs, Hacks, die schnell für mehr Ordnung sorgen, Geschenkideen oder Anleitungen zu Handyhüllen, Slime und Squishies – hier findet ihr unsere liebsten *DIY Hacks*!

BEAUTY

Du willst schnell einen Lippenbalsam selbst machen? Wie bekommst du vollere Wimpern? Was kannst du gegen Pickel tun? Das sind nur ein paar der Themen rund um Körperpflege, Make-up und Haarstyling, die wir in unserem *Beauty Hacks*-Kapitel ansprechen.

LIFE HACKS

Ein ganz wichtiges Thema sind für uns insbesondere die *Life Hacks*, in denen wir euch hilfreiche Tipps für mehr Selbstbewusstsein und Selbstliebe geben, wie ihr glücklich sein und das Leben genießen, aber auch in stressigen Situationen Ruhe bewahren könnt.

Es hat uns wirklich viel Spaß gemacht, all diese Hacks für euch zu sammeln. Mit diesen nützlichen Tipps und Tricks rund um Basteln, Beauty und den Alltag wird euer Leben hoffentlich nicht nur leichter, sondern auch viel bunter!

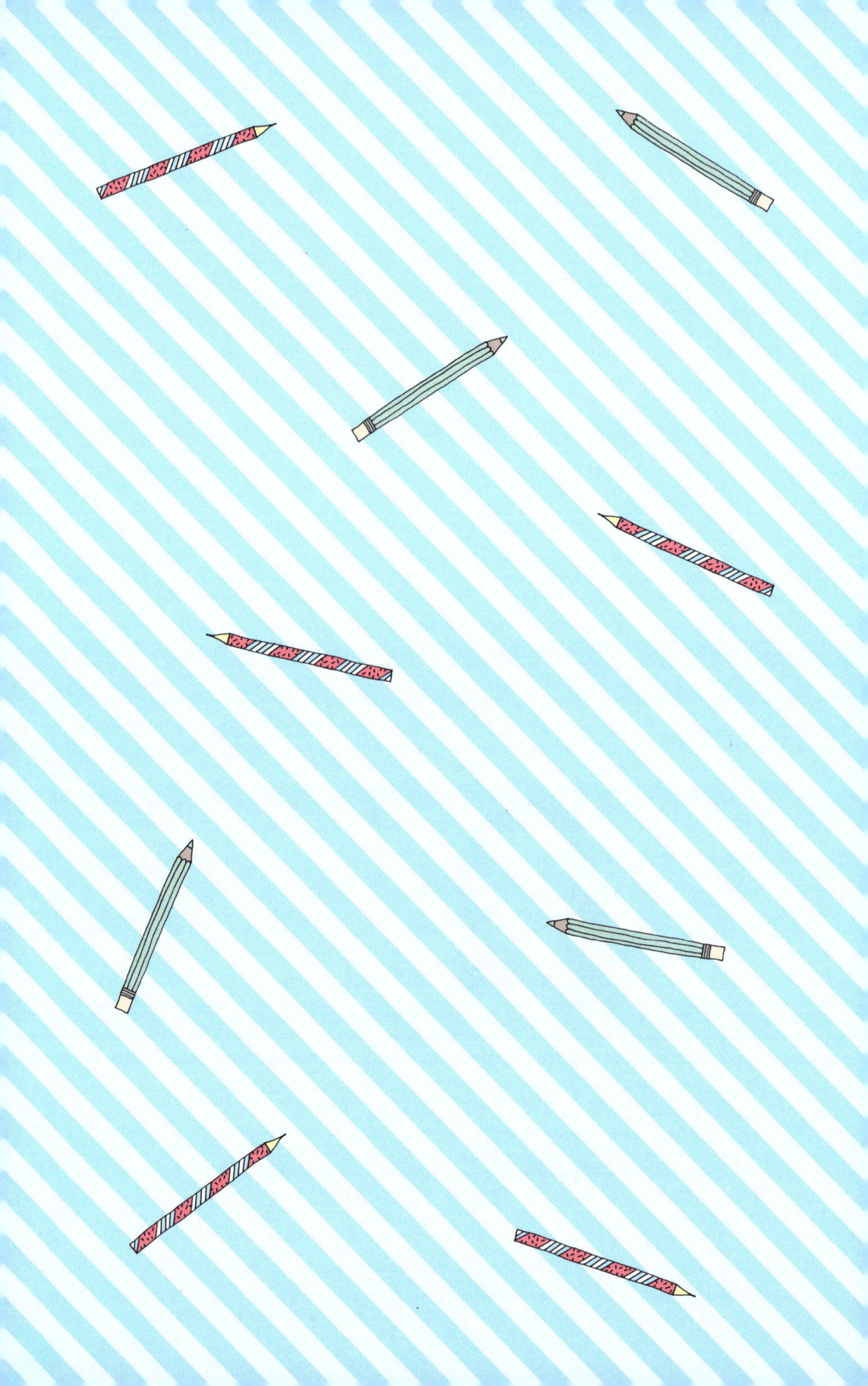

DIYs

GEWINNSPIEL

Verschöner unser Buch!

Wir lieben das Buchcover! Gefällt es dir auch so sehr wie uns oder hast du sogar Ideen, wie man es noch schöner gestalten könnte? Hier kommt deine Chance!

Auf dem Cover haben wir extra ein wenig Platz gelassen, damit du unser Buch nach deinen eigenen Wünschen dekorieren und so zu deinem machen kannst. Benutz dazu einfach die beigefügten Sticker, verwende Washi-Tape, kleb eigene Fotos darauf oder pack das Buch in Geschenkpapier ein. Deiner Kreativität sind keine Grenzen gesetzt!

Wir sind schon ganz gespannt auf deine Ideen. Poste einfach ein Foto von deinem selbst gestalteten Buch auf Instagram unter **#cutienator**, um bei unserer Challenge mitzumachen, und erhalte so die Chance auf einen tollen Gewinn!

Kleine Dinge, tolle Deko

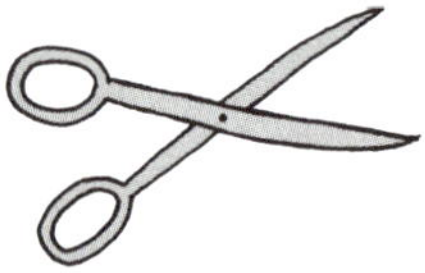

DIY-NOTIZBÜCHER

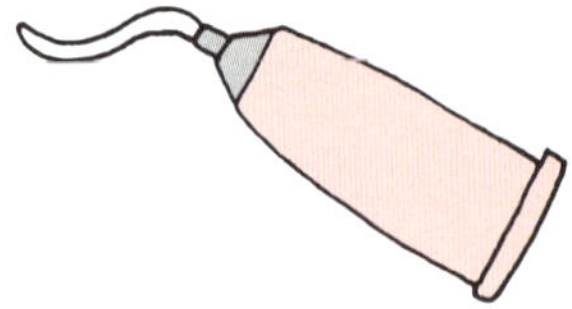

Notizbücher und Hefte brauchen wir in der Schule ständig! Um die einzelnen Fächer auch optisch gut voneinander zu trennen, kannst du deine Notizblöcke individualisieren.

Hier zeigen wir dir verschiedene DIY-Ideen, die supereinfach und schnell gehen:

Lust auf Geometrie?

Mit Klebeband lassen sich coole Muster zaubern, die du anschließend mit Acrylfarbe oder goldenem Permanentmarker hübsch ausmalen kannst.

Aquarellkünstler

Aus verschiedenen, miteinander harmonierenden Wasserfarben kannst du aus deinem Notizbuch ein Miniaquarell machen. Wenn du magst, kannst du es dann noch mit einem schönen Fineliner beschriften.

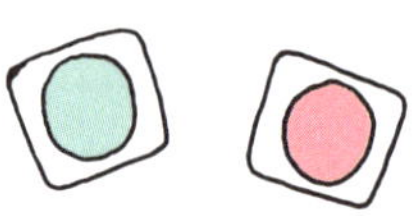

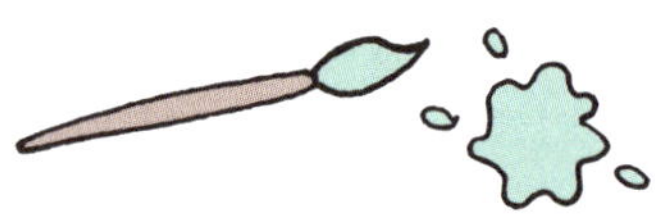

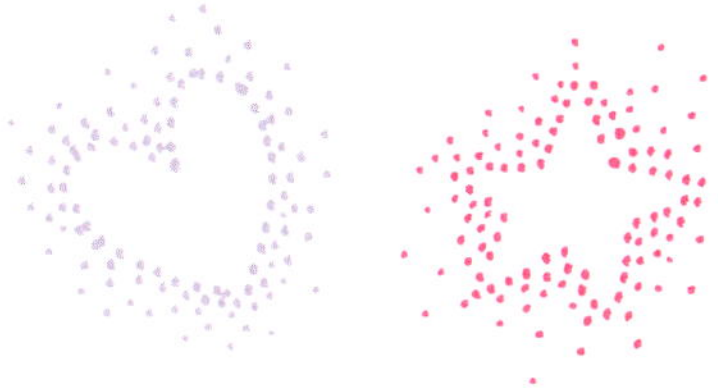

Herzen und Sterne wie mit Airbrush?

Schneide eine Form deiner Wahl aus einem Stück Papier aus. Befestige dieses dann mit Klebeband auf deinem Notizbuch. Jetzt musst du nur noch mit einem Permanentmarker am Rand entlangtupfen und du erhältst sanfte Umrisse – wie mit Airbrush!

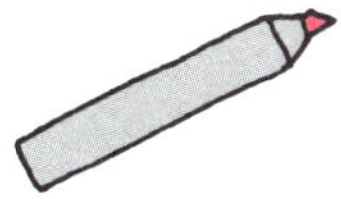

Zeit zum Kuscheln

Nimm einige Pfeifenreiniger (das sind diese kleinen flauschigen Drahtelemente, die es im Bastelladen gibt) und schneide sie auf die Größe deines Notizheftes zu. Jetzt musst du sie nur noch festkleben und schon hast du ein gestreiftes Kuschelbuch!

Collage mal anders

Such dir eine Form aus, die dir gefällt, wie ein Dreieck oder Quadrat. Wichtig ist nur: Sie muss mehrmals auf dein Notizbuch passen. Diese nutzt du als Schablone auf Fotos und Magazine. Die vielen Formen schneidest du anschließend aus und verteilst sie gleichmäßig auf deinem Notizbuch.

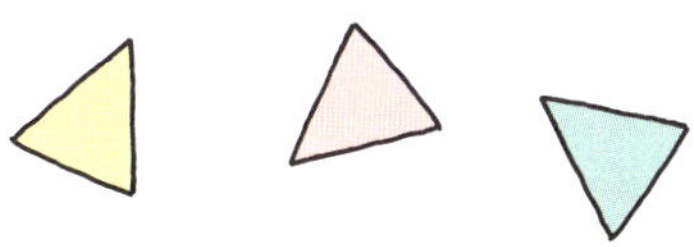

30-Sekunden-DIY

Nimm deine Lieblings-Washi-Tapes und kleb sie wild in verschiedenen Richtungen auf dein Notizbuch. So entsteht ein künstlerisches, ganz individuelles Heft.

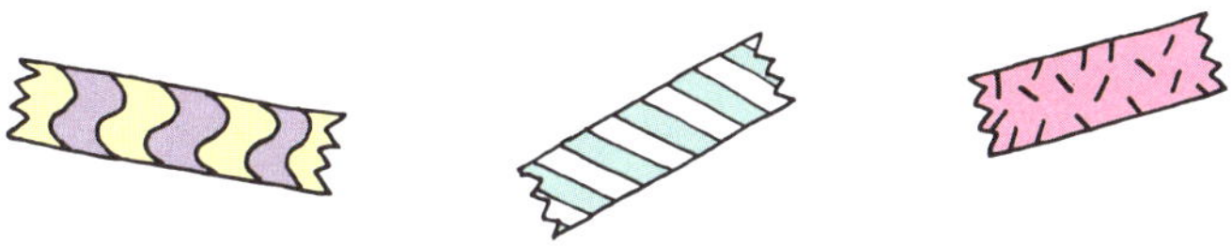

Cute Life Hacks - NOTIZBUCH

Manchmal kann man Notizblöcke auch schnell mit Stickern oder anderen Elementen verzieren. Auf der rechten Seite sind ein paar unserer *Cute Life Hacks*-Designs, die du dafür einfach nur ausschneiden und auf deine Hefte kleben musst.

Schluss mit LANGWEILIGEN STIFTEN!

Stifte sind unsere täglichen Begleiter. Ob in der Schule oder zum Schreiben von Einkaufslisten! Mit diesen Tricks kannst du sie viel origineller aussehen lassen.

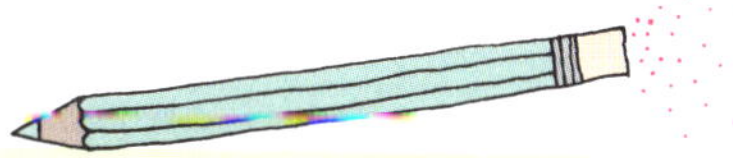

- Bestreich einen Bleistift am Radiergummiende ca. 1 cm breit mit Kleber und wälze ihn dann in Glitzer.

- Mach aus langweiligen Bleistiften echte Hingucker! Male einfach verschiedene Muster mit Edding darauf.

- Personalisier deine Kugelschreiber, indem du sie mit unterschiedlichen Washi-Tapes umwickelst.

- Bleistifte und Buntstifte aus Holz kannst du mit einem Fineliner beschriften. Ob mit lustigen Sprüchen oder motivierenden Zitaten – deiner Kreativität sind keine Grenzen gesetzt!

HEIßKLEBER Hacks

Für uns ein absolutes Must-have: die Heißklebepistole! Ohne sie würden viele unserer DIY-Ideen gar nicht funktionieren. Hier unsere schnellsten und einfachsten Hacks rund um den Heißkleber!

Bastle aus Knetmasse Gießformen für Heißkleber, so erhältst du viele verschiedene Formen.

Trag auf einem Backpapier Heißkleber auf und form damit total viele Designs. Nach dem Abkühlen musst du sie nur noch abziehen. Auf diese Weise kannst du auch ganz einfach Stempel herstellen!

Auf Backpapier kannst du außerdem aus Heißkleberformen (z.B. kleinen Kakteen, Blumen oder Herzen) mit einer Nadel schnell einen Pin für deine Korkwand machen!

Einem alten Ring kannst du mit einem Heißklebertropfen supereasy ein neues DIY-Design verpassen.

Aus schlichten Tropfen Heißkleber kannst du kleine Kunstwerke zaubern! Schließ getrocknete Blumen, Glitzer oder andere Objekte in einem Tropfen transparenten Kleber ein. Ideal als Anhänger oder Deko!

Mit Heißkleber kannst du auf Backpapier sogar schreiben! Als Dekoration für ein Notizbuch wäre ein Schriftzug wie *Love* oder *Hello* doch superpassend. Nur noch lackieren oder bemalen und schon ist der Schriftzug fertig!

Wenn du das Backpapier biegst, während die Heißkleber-elemente trocknen, aber nicht mehr heiß sind, kannst du daraus süße Schmetterlinge machen, deren Flügel schlagen. So lassen sich aus Heißkleber sogar 3-D-Figuren basteln.

Washi-Tape

WIESO WIR ES LIEBEN!

Washi-Tape stammt aus Japan. Bei uns kannst du es meist als farbiges, glitzerndes oder gemustertes Klebeband kaufen. Wir lieben es, das Tape für DIY-Ideen zu benutzen, und haben hier die besten Hacks zusammengestellt:

- Dekorier deine Handyhülle mit Washi-Tape, das du in verschiedenen Mustern aufklebst.
- Verdeck einen kaputten Buchrücken mit Washi-Tape oder reparier ein Buch, das auseinanderzufallen droht.
- Mit nicht zu fest klebendem Washi-Tape kannst du die Tasten deiner Tastatur verschönern.
- Markier deine Kabel mit Washi-Tape. So weißt du direkt, welches du wofür brauchst.
- Verwende Washi-Tape als Wanddekoration, um schöne Muster zu gestalten.

- Kleb zwei Streifen Washi-Tape vorne und hinten auf ein Stück Draht. Wenn du mit einer Schere viele kleine Schnitte machst, sieht es wie eine Feder aus.

- Washi-Tape ist auch toll, um Geschenke zu verpacken, wenn du mal keine Schleife zur Hand hast.

- Kleb Washi-Tape an die Spitze eines Zahnstochers, um kleine Flaggen für die Dekoration von Snacks zu basteln.

- Mit Washi-Tape kannst du auch perfekt Ordnung in deinen To-do-Listen und Kalendern schaffen.

- Verzier Büroklammern mit Washi-Tape, um sie als Lesezeichen zu verwenden.

- Washi-Tape ist außerdem eine tolle Alternative zu Bilderrahmen, um Fotos an den Wänden zu befestigen.

- Mit Washi-Tape kannst du langweilige Objekte wie Ladekabel, Lichtschalter oder kleine Boxen cool verkleiden.

Einfache DIYs mit BÜROKLAMMERN

Hast du auch Tausende Büroklammern herumliegen, die du fast nie benutzt? Mit diesen leichten und süßen Hacks kannst du die nutzlosen Büroklammern cool umdesignen!

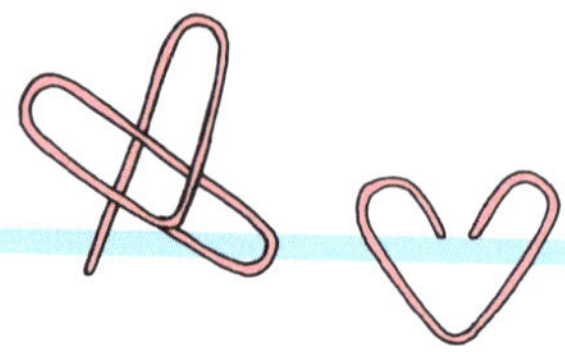

Unser Herz schlägt für Büroklammern:
Richtig gedreht und zusammengesteckt sehen Büroklammern aus wie kleine Herzchen!

Lesen mit K(n)öpfchen:
Mit einem kleinen Stück Stoff deiner Wahl, Kleber und einem Knopf kannst du ganz einfach ein persönliches Design entwickeln.

Flauschige Klammern:
Kleine Stoffmaschen und Bommel machen es kuschelig. Einfach Wolle durch die Büroklammer fädeln, mit einem Band fixieren und abschneiden.

Geburtstagskarte
IN 30 SEKUNDEN

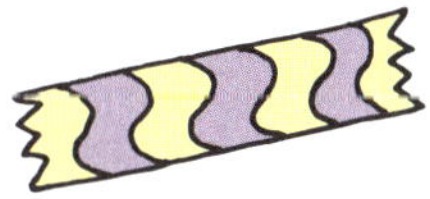

In nur wenigen Schritten kannst du ganz schnell eine persönliche Geburtstagskarte zaubern!

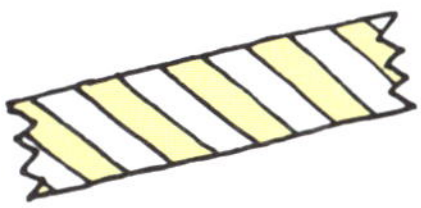

Du brauchst:

- einen Stift
- ein Stück Papier
- mindestens zwei verschiedene Washi-Tapes

Falte das Papier zu einer Karte und klebe die verschiedenen Washi-Tapes gerade übereinander auf. So entsteht ganz schnell ein bunter Kuchen!

Beginne mit dem untersten Streifen und staple sie anschließend in immer kleiner werdenden Längen darauf, sodass sie aussehen wie ein Kuchen.

Jetzt musst du mit dem Stift nur noch Details wie die Schrift oder einen Kuchenteller ergänzen. Schon hast du eine personalisierte Geburtstagskarte.

Last-Minute-GLÜCKWUNSCHKARTEN

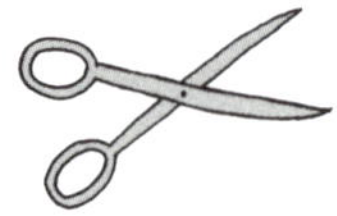

Hast du auch nicht immer alle Geburtstage oder Hochzeitstermine im Kopf und wirst davon überrascht? Mit diesen Ideen kannst du wunderschöne Last-Minute-Geschenkkarten basteln. Und das Beste: Alles, was du dafür brauchst, hast du schon zu Hause!

Als Basis dient immer ein A4-Karton oder -Papier, das mittig zu einer Karte gefaltet wird:

Male mit Acrylfarbe, Filzstift oder Buntstift eine Eiscremetüte auf die Vorderseite. Kleb Pompons darauf wie kleine Eiskugeln. Pompons kannst du auch ganz einfach selber machen!

Binde eine Geburtstagskerze mit einem kleinen Band mittig auf der Karte fest. Dafür musst du nur ein Loch in die Mitte des Kartons bohren und den Faden auf der Rückseite befestigen.

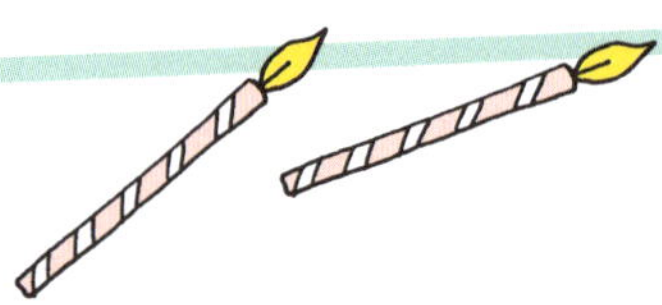

Du hast doch bestimmt irgendwo Knöpfe rumliegen, die du nicht mehr brauchst, oder? Knöpfe sind super für DIY-Projekte. Zum Beispiel kannst du sie toll als 3-D-Basis für eine Karte nutzen. Ist der Knopf der Kopf einer Figur, die Erdkugel, eine Sonne oder vielleicht eine Pizza? Deiner Kreativität sind keine Grenzen gesetzt!

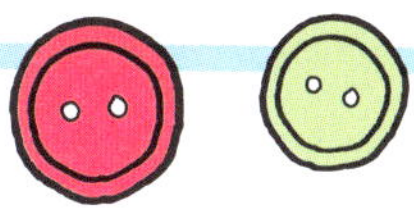

Mit Pasta kreative Glückwunschkarten zu zaubern ist ganz einfach. Farfalle als Schleifen auf dem Haar einer Figur? Oder willst du doch lieber mit gebogenen Makkaroni lustige Arme und Beine basteln?

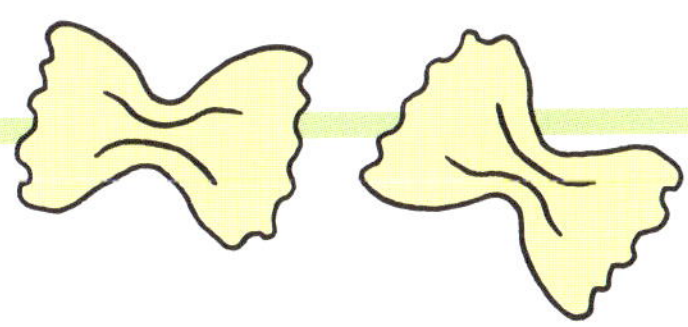

Kunst liegt ja bekanntlich im Auge des Betrachters. Mit nur drei verschiedenen Acrylfarben kannst du wahllos Kleckse setzen und so dein ganz eigenes Kunstwerk erschaffen.

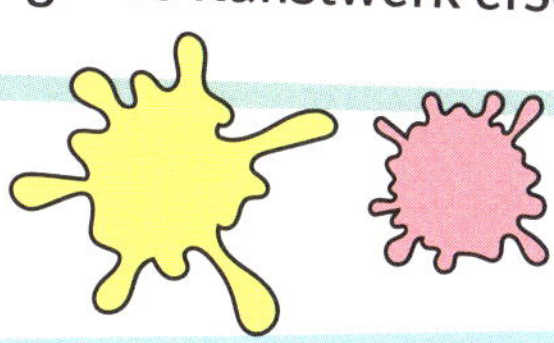

Greif zu Wattepads, um eine Wolken- oder Zuckerwattelandschaft zu erstellen. Je nach Anlass kannst du so unterschiedliche Designs kreieren.

GESTALTE DEINE EIGENE Handyhülle!

Kennst du schon unsere vielen DIY-Ideen rund um Smartphones und deren Hüllen auf unserem YouTube-Kanal? Dieser Gegenstand, den man ständig in der Hand hat, sollte ein Ausdruck der eigenen Persönlichkeit und Kreativität sein.

Hier sind ein paar Ideen für dich:

Flower Power
Blumen zu trocknen ist supereinfach! Platziere einfach Blüten deiner Wahl zwischen zwei Papierblättern und leg diese in die Mitte eines Buches. Das Ganze lässt du nun gut vier Wochen trocknen. Dann musst du die gepressten Blüten nur noch mit farblosem Nagellack auf der Innenseite eines transparenten Phonecases befestigen.

Ganz persönlich und unglaublich wandelbar

Such dir Sprüche oder Formen und passe sie am Computer der Größe deines Handys an. Druck die Seite aus und schneide die Form zurecht. In ein transparentes Smartphonecase gelegt, kannst du so täglich das Design ändern.

Rock 'n' Roll

Dekorative Plastiknieten können deinem Handy ganz schnell einen rockigen Look verpassen. Je nach Material der Hülle musst du hier einen entsprechenden Kleber verwenden. Meist sollte es aber mit Sekundenkleber funktionieren.

30-Sekunden-DIY

Hierfür hast du bestimmt schon alles zu Hause! Du brauchst bloß ein Phonecase und verschiedene Nagellacke. Mit Zahnstochern oder Pinseln kannst du unterschiedlich große farbige Punkte auf die Hülle tupfen.

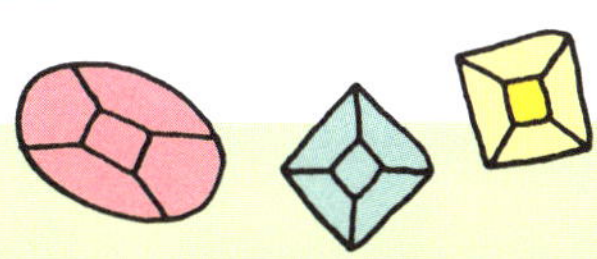

Glitzerliebe

Pailletten, Glitzersteine und Glitter sind ideal, um dein Phonecase auf originelle Weise zu verschönern. Klebe einfach wild drauflos. Tipp: Beginn immer mit den größten Steinen.

Sticker zum Verschönern

Wenn es mal wirklich schnell gehen soll: Mit verschiedenen Stickern kannst du innerhalb von zehn Sekunden ein superschönes DIY-Phonecase entwerfen.

Besser als jeder Bilderrahmen

Handyhüllen sind auch ein ideales Geschenk! Vorausgesetzt, du weißt, welches Smartphone die zu beschenkende Person besitzt. In ein transparentes Case kannst du einfach ein Foto von euch beiden oder von einer gemeinsamen Erinnerung legen.

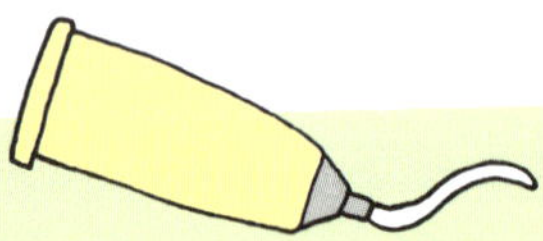

Puffy Paint

Decoden-Creme und 3-D-Stifte sind inzwischen in vielen Bastelshops erhältlich. Klebe kleine Ornamente, Figuren und Ähnliches mit Sekundenkleber auf deine Hülle. Die Zwischenräume kannst du mit den dreidimensionalen Stiften füllen.

Das perfekte Geschenk

Einem recht unauffälligen Case kannst du mit einem Permanentmarker ein Makeover verpassen. Schreib ein Wort oder einen Satz darauf und ziehe die Linien immer wieder nach. Das kann wirklich genial aussehen!

DIY auf zwei Ebenen

Wähle ein Design aus und drucke es in der Größe deiner Handyhülle aus. Kleb es dann auf die Innenseite des transparenten Cases. Nun greifst du zum Beispiel zu Stickern oder Glitzer und befestigst sie auf der äußeren Seite. So kannst du einem Faultier eine Flowercrown aufsetzen oder mit Glitzer ein Einhorn verschönern!

!

„Hast du eine tolle Schriftart oder ein schönes Wort online entdeckt? Ruf sie einfach auf deinem Smartphone auf. Leg ein transparentes Case auf den Bildschirm deines Handys und pause das Design mit einem Stift ab. Das Gleiche funktioniert auch mit einem Porträt. In vielen Apps kann man Fotos so bearbeiten, dass sie wie Comics aussehen. Wenn du diese abstrakten Linien nachzeichnest, können ganz persönliche Phonecases entstehen.“

Die besten Tipps,

UM ORDNUNG ZU HALTEN

Ein unaufgeräumter Ort macht dir automatisch mehr Stress. Um dich auf die wesentlichen Dinge konzentrieren zu können, solltest du dein Zimmer möglichst ordentlich halten.

Hier sind ein paar Tipps, die dir dabei helfen:

Stell leere Klopapierrollen aufrecht in eine Schuhschachtel und befestige das Ganze mit Kleber. Darin sind Pinsel, Stifte und Co. platzsparend gelagert!

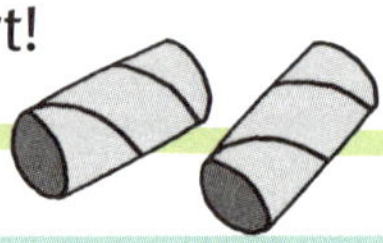

Transparente Boxen sind ideal zum Sortieren von Bastelsachen. So siehst du direkt von außen, was sich in der Kiste befindet.

Etageren und Kuchenteller sind perfekt, um Krimskrams auch auf mehreren Ebenen platzsparend zu sammeln.

Finde ein Zuhause für alle Objekte in deinem Zimmer. Jeder Gegenstand sollte einen festen Platz haben, an den er gehört.

Die Innenseite von Schranktüren oder die Rückseite von Zimmertüren eignen sich perfekt, um Aufbewahrungselemente daran zu hängen.

Sind deine Sachen nach Farben oder Größen sortiert, wirkt alles automatisch ordentlicher. Ein Geheimtipp: Probier das auch mal mit Büchern aus. Dadurch sehen sie wie Deko-Objekte aus!

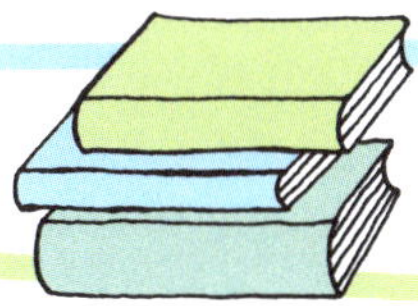

Versuch beim Aufräumen so zu sortieren, dass du alles schnell auf einen Blick siehst. Deshalb solltest du in Schubladen niemals Dinge stapeln.

Bei wenig Platz eignen sich Haken und Wand-Aufbewahrungselemente super! So hast du mehr Stauraum, der dir aber nicht im Weg ist.

Nimm dir jede Woche einen anderen Bereich deines Zimmers vor und sortiere alles. Auf diese Weise weißt du wieder, wo all deine Sachen sind, und der Alltag wird dir leichter fallen.

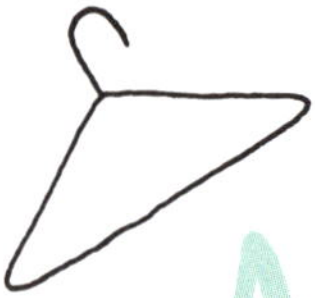

Der ultimative MODE HACK

Dein Kleiderschrank ist voll, aber du findest absolut nichts zum Anziehen? Dann ist es an der Zeit auszusortieren! Wenn du Platz machst für die Dinge, die du wirklich gern trägst, hast du morgens wieder Spaß beim Anziehen.

> **!** Spende deine alte Kleidung doch einfach! So schaffst du nicht nur Ordnung in deinem Kleiderschrank, sondern tust gleichzeitig etwas Gutes.

Vor dem Aussortieren solltest du dir folgende Fragen stellen:

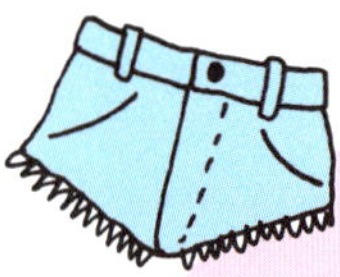

Liebe ich das?
Will ich darin gesehen werden?
Habe ich es überhaupt schon mal anprobiert?
Ist es mir unangenehm, das anzuhaben?
Werde ich das noch mal tragen?

Wenn du jedoch an einem Kleidungsstück hängst, solltest du es unbedingt behalten. Kleidung kann ein schönes Erinnerungsstück sein!

DIY für mehr SELBSTBEWUSSTSEIN

Kennst du das auch? Wenn du nach deinen Stärken gefragt wirst, fällt dir meist nichts ein.

Unser Tipp: Notier dir auf kleinen Notizzetteln deine besten Eigenschaften. Weil man sich selbst oft falsch einschätzt, solltest du auch deine Freunde und Familie fragen. Aus den Zetteln mit deinen tollsten Eigenschaften kannst du supereinfach eine motivierende Wanddeko machen. Diese erinnert dich auch täglich daran, wie wunderbar du bist.

„Mit Post-its kannst du bei diesem DIY auch ein cooles Motiv an die Wand zaubern. Und weil sie nicht fest kleben, kannst du das Muster jederzeit ändern. Dafür eignet sich auch ideal ein Spiegel!“

Slime, Squishies und Co.

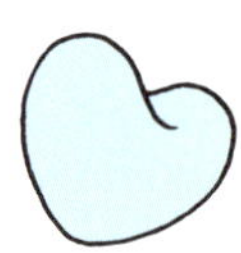

DIE BESTEN Slime-Rezepte

Der Schleim-Trend ist gar nicht mehr wegzudenken! Auf den nächsten Seiten zeigen wir euch unsere liebsten Rezepte und Hacks rund um Slime-Zubereitung und -Aufbewahrung!

Schleimige Gesichtsmasken

- 50 ml Peel-off-Gesichtsmaske (mit Polyvinylalkohol)
- 10 EL Wasser
- kleine Menge Natron und Kontaktlinsenlösung

Vermische die Gesichtsmaske gut mit Wasser. Gib nun abwechselnd Natron und Kontaktlinsenlösung hinzu. Und immer gut umrühren!

Weißer-Bastelkleber-Slime

- 100 ml weißer Bastelkleber
- 4–8 Prisen Natron
- Kontaktlinsenlösung

Den Bastelkleber und das Natron gut vermengen und dann vorsichtig Kontaktlinsenlösung unterrühren.

Durchsichtiger-Kleber-Slime

- 100 g durchsichtiger Bastelkleber
- 6–10 Prisen Natron
- Kontaktlinsenlösung

Verrühre den Kleber mit dem Natron und gib dabei die Kontaktlinsenlösung hinzu. Verwahre die Masse in einer luftdichten Box, bis alle Luftbläschen verschwunden sind (das dauert etwa zwei bis fünf Tage). Dann solltest du einen perfekt transparenten Slime haben!

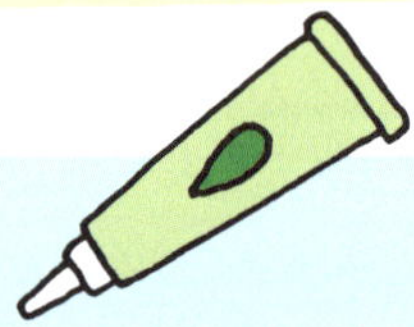

Avalanche-Slime

- durchsichtiger Slime
- weißer Slime
- Lebensmittelfarbe

Färbe den durchsichtigen Slime mit Lebensmittelfarbe und füge dann eine Schicht weißen Slime dazu. Das Ganze nicht verrühren und eine Nacht stehen lassen. Die beiden Schichten sollten sich leicht miteinander verbunden haben. Wenn nicht, greif zum Zahnstocher und kreier eigene coole Formen.

! Slime, der mit Styroporkugeln vermischt wird, nennt man international *Floam*.

Fluffy Slime

- 100 ml weißer Bastelkleber
- 3 Prisen Natron
- 2–3 EL Rasierschaum
- Kontaktlinsenlösung

Vermische den Kleber mit dem Rasierschaum. Dann das Natron hinzugeben und zuletzt die Kontaktlinsenlösung unterrühren.

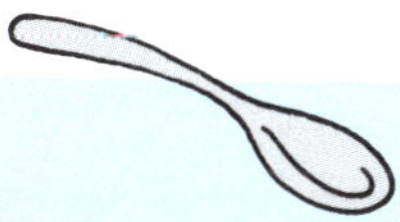

Eisberg-Slime

Gib den selbst gemachten Fluffy Slime in eine Schüssel (nicht zudecken!) und warte ein bis zwei Tage, bis die Oberfläche trocken ist. Anschließend kannst du die getrocknete Schicht eindrücken und beobachten, wie der weiche Slime darunter hervorscheint.

Über den Wolken

- 100 ml weißer Bastelkleber
- 3 Prisen Natron
- 2–3 EL Rasierschaum
- Kontaktlinsenlösung
- Kunstschnee (erhältlich online oder in Spielzeuggeschäften)

Den Bastelkleber mit dem Rasierschaum vermengen. Für Kunstschnee musst du ein weißes Pulver mit Wasser mischen, sodass daraus eine schneeähnliche Substanz wird. Beide Mischungen zusammenrühren und Natron hinzugeben. Zum Schluss musst du den Slime noch mit Kontaktlinsenlösung aktivieren.

SLIME Hacks!

Diese Hacks sollen all eure schleimigen Probleme lösen:

So entsteht Slime: Slime ist eine chemische Reaktion zwischen Polyvinylalkohol (PVA) und Salzen, die Borate heißen. Das klingt jetzt sehr nach Chemie-Unterricht, ist aber eigentlich ganz easy. PVA ist ein wasserlösliches Plastik. Wenn es in Kontakt mit Boraten kommt, entsteht so die schleimige Textur.

PVA findet man meistens in Klebern oder aber auch in Peel-off-Gesichtsmasken. Leider ist PVA auf vielen Produkten nicht gelistet. Teste es einfach aus. Ist ein Bastelkleber weiß und wird beim Trocknen transparent, kannst du ihn für Slime benutzen.

Da PVA wasserlöslich ist, sollte dies auch der verwendete Kleber sein. Diese Klebersorten sind weniger stark. Superkleber beispielsweise funktioniert nicht für Slime.

! „Welche Kleber sich am besten für Slimes eignen, findest du auf unserem YouTube-Kanal heraus."

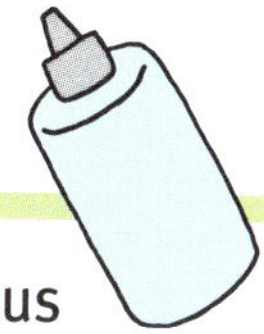

Viele von euch wundern sich, warum in Slime-Videos aus den USA häufig Waschmittel zu sehen ist. In Amerika ist Borax erlaubt, eine Substanz, die man in Europa nur in einem einzigen Produkt findet: Kontaktlinsenlösung. Hier solltest du darauf achten, dass „Sodium Borate“, „Natriumborat“, „Borat“ oder „gepufferte Lösung“ auf der Packung steht.

Was wir für Slime außerdem noch brauchen, ist Natron, damit die chemische Reaktion, die wir euch oben beschrieben haben, überhaupt stattfinden kann. Zur Slime-Herstellung funktioniert Backpulver als Ersatz für Natron, wie beim Backen, allerdings leider nicht. Achte auch darauf, niemals zu viel Natron in die Mischung zu geben, sonst wird der Slime zu fest.

Die Kontaktlinsenlösung nach und nach hinzugeben und immer gut umrühren. Zu viel auf einmal kann dafür sorgen, dass dein Slime nicht die richtige Konsistenz erhält.

Nutze kleine Behälter zur Aufbewahrung von Slime. Je weniger Luft im Behälter ist, umso besser. Im Idealfall ist das Döschen also komplett mit Slime gefüllt!

SQUISHIES – *die neuen* STRESSBÄLLE

Was haben ein Donut-Hamster, Oktopus-Eiscreme und eine lachende Bohne gemeinsam? Richtig, sie alle sind beliebte Squishies!

- Es gibt viele verschiedene Arten von Squishies. Die bekanntesten erinnern an einen Schwamm. Früher wurden aus dem gleichen Material Anti-Stressbälle hergestellt und heute halten wir die farbenfrohen Squishies in der Hand!

- Variante zwei sind superweiche Silikon-Squishies, die von dem japanischen Designer @watabemanabu entworfen werden. Die Originale sind wunderschön und handgemacht. Es ist allerdings total schwierig, außerhalb von Japan an sie ranzukommen. Aber so ziemlich jedes massenproduzierte Squishy aus Silikon basiert auf seinen Designs.

Als Letztes gibt es noch Squishies, die aus mehreren Materialien bestehen. Diese sind häufig mit Flüssigkeit, Ton oder Maisstärke gefüllt. Besonders durch den *Squishies-aufschneiden*-Trend ist diese Variante bekannt geworden. Allerdings gab es schon Fälle, in denen die unbekannte Flüssigkeit im Squishy jemandem die Haut verätzt hat. Also spiel lieber mit Squishies, als sie aufzuschneiden!

„Mein persönliches Highlight sind die *Pickel-ausdrücken*-Squishies. Die sind tatsächlich noch ekliger, als sie klingen! Dabei füllt man einen Silikonblock mit einem Gemisch aus Bienenwachs. Drückt man auf den Silikonblock, sieht es allerdings so aus, als würde man einen Pickel ausquetschen. Bäääh!“

Squishy HACKS

Egal ob selbst gemacht oder gekauft: Wir zeigen dir hier, wie du länger Freude an deinen Squishies hast und sie sogar noch individualisieren kannst!

Wenn du dein Squishy ein paar Stunden im Kühlschrank lagerst, wird es sich langsamer ausdehnen als bei Raumtemperatur. Stell dein Squishy einfach in den Gefrierschrank, so erhältst du die Form noch länger.

Dein Squishy hat einen unangenehmen Geruch? Leg es mit einem Stück Seife oder einer Badebombe in eine gut verschließbare Plastiktüte. Da die Oberfläche von Squishies porös ist, nimmt sie den herrlichen Geruch ganz leicht auf.

Wir empfehlen dir generell, Squishies auslüften zu lassen, denn oftmals sind ihre Gerüche viel zu intensiv, wenn sie neu sind. Ein paar Stunden an der frischen Luft bewirken Wunder!

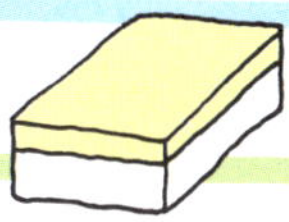

Ist dein Schaum-Squishy dreckig? Keine Sorge, du kannst es ganz leicht mit Klebeband reinigen. Tupfe damit einfach die Oberfläche ab. Bei Verfärbungen greifst du am besten zu einem Melaminschaum-Schwamm. Dieser wird in Supermärkten oft als „Zauberschwamm" verkauft. Wichtig ist nur, dass du Squishies nicht nass machst, da sie das Wasser aufsaugen und dabei kaputtgehen könnten.

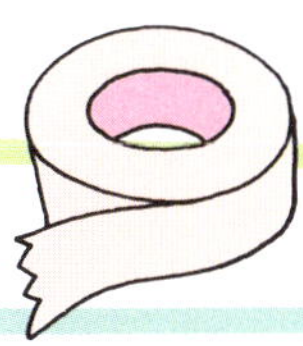

Silikon-Squishies säuberst du am leichtesten mit Reinigungsalkohol oder ein wenig Handdesinfektionsmittel. Achte aber darauf, dass du bemalte Stellen auslässt!

Wenn sich die Oberfläche deines Squishies nach dem Reinigen klebrig anfühlt, musst du nur ein wenig Maisstärke oder Babypuder darauftupfen – und die angenehm seidige Oberfläche ist zurück.

„Auf Silikon-Squishies haften Haare und Staub wirklich leicht. Kauf dir lieber dunkle Squishies, darauf sieht man den Dreck nicht so sehr.“

Risse in deinen Squishies kannst du ganz einfach mit PVA-Kleber auffüllen. Da die erste Schicht ziemlich schnell aufgesaugt werden kann, solltest du noch eine zweite Schicht mit Stoffmalfarbe auftragen.

Zum Bemalen von Squishies ist Stoffmalfarbe oder Acrylfarbe gemischt mit Kleber oder *Puffy Paint* (3-D-Malfarbe) am besten geeignet.

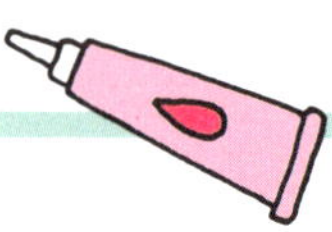

Wenn du ein dunkles Squishy neu anmalen willst, solltest du es zunächst mit einer hellen Farbe grundieren. Schon leuchten die bunten Farben viel intensiver!

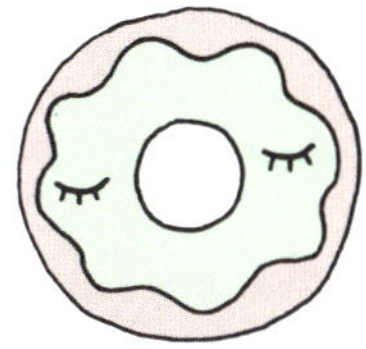

Willst du zwei Squishies miteinander verbinden? Mit Nadel und Faden geht das ganz leicht! Von Kleber raten wir ab, weil viele Sorten nicht haften, schnell hart oder sogar bröckelig werden.

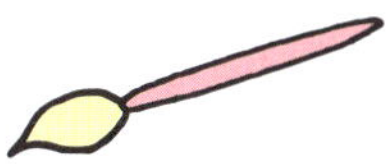

Kleine Details kannst du mit einer Mischung aus Acrylfarbe und PVA-Kleber aufmalen. Für wirklich winzige Linien empfehlen wir Zahnstocher als Pinsel.

!

Vorsicht: Halte Squishies immer von Kleinkindern, Babys und Tieren fern. Viele Squishies sehen aus, als wären sie essbar, und riechen häufig auch wie Lebensmittel. Außerdem lässt sich der Schaum wirklich leicht abbeißen, was sehr gefährlich werden kann.

4 DIYs FÜR SQUISHIES

Man kann Squishies selber machen, aber leider ist es fast unmöglich, dabei die Textur von gekauften Squishies zu erhalten. In Japan gibt es Hitohada-Gel, das super für die Herstellung von Squishies und bei uns online erhältlich ist. Jedoch ist es recht teuer!

Dieser Trend aus Japan wird hoffentlich bald nach Europa kommen, aber bis dahin probier doch mal diese Varianten aus:

Silikon-Squishy

- Silikon
- Maisstärke
- Watte

Vermenge das Silikon mit Maisstärke und knete die Mischung zu einem glatten Teig.

Diesen rollst du aus und füllst ihn mit einer weichen Substanz wie Watte.

Gut zusammengerollt und verschlossen lässt du das Silikon-Maisstärke-Gemisch dann am besten auf ein wenig Maisstärke trocknen.

Die Konsistenz hat zwar nicht zu hundert Prozent die gewohnte Squishy-Qualität, aber für dieses DIY hast du vermutlich schon alles zu Hause!

Papier-Squishy

- Papier
- breites Klebeband
- Stifte
- Taschentuch oder Wattepads

Male zunächst gleich zweimal eine Form auf, die du ausschneidest.

Kleb das Klebeband entlang der Ränder dieser Form auf. Lass aber ein paar Zentimeter frei!

Befülle nun dieses Papier-Kissen mit Wattepads oder einem aufgebauschten Taschentuch.

Verschließ zum Schluss die Form komplett mit Klebeband und überzieh das gesamte Squishy damit.

! „Man kann hier auch superkreativ sein und das Papier gleich bemalen, um beliebige Formen oder Figuren zu zaubern."

Luftballon-Squishy

- Wasserperlen
- 0,5-Liter-Plastikflasche
- Luftballons

Gieß Wasser und Wasserperlen in eine 0,5-Liter-Flasche und warte, bis sich die Perlen vollgesaugt haben.

Stülpe dann den Luftballon über den Flaschenhals und drücke auf die Flasche, um die Perlen in den Ballon zu befördern.

In einem transparenten Ballon sieht das Squishy wirklich toll aus!

Und wenn du noch kreativer sein willst, kannst du den Ballon zusätzlich mit Glitzer befüllen!

Schwamm-Squishies

- Beautyblender oder Memory-Schaum
- eine Schere

Schneide kleine Beautyblender vorsichtig mit einer Schere zurecht und dekoriere sie nach Belieben.

DIY SCHAUM-KREIDE

Erinnerst du dich, wie du als Kind mit Straßenmalkreide große Kunstwerke auf den Asphalt gezaubert hast? Auch heute macht es noch unglaublich viel Spaß, draußen mit Kreide zu malen!

Mit diesem Rezept gelingt dir einfach und schnell Kreide, die wie farbiger Schaum wirkt.

Du brauchst:

- Mehl
- Lebensmittelfarbe
- Rasierschaum
- mehrere Behälter

Vermenge den Rasierschaum mit dem Mehl im Verhältnis 3:1 in einer Schale.

Gib vorsichtig Lebensmittelfarbe hinzu und verrühre alles miteinander.

Fülle die Mischung in Plastikflaschen und du kannst ganz kreativ die Gehwege verschönern.

DAS BILLIGSTE Knete-Rezept

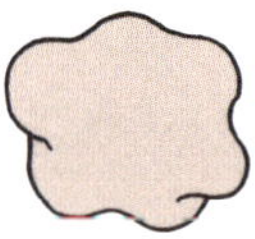

ALLER ZEITEN

Knete wird häufig superteuer verkauft. Aber in einem Video haben wir kiloweise Knete selbst hergestellt!

Wenn du jetzt Lust hast, Knete selbst zu machen, musst du einfach Maisstärke mit Handlotion mischen und gut verrühren. Mit Lebensmittelfarbe kannst du die Knete auch ganz individuell einfärben. Füge dafür die Farbe am besten hinzu, noch bevor du beide Zutaten vermengst.

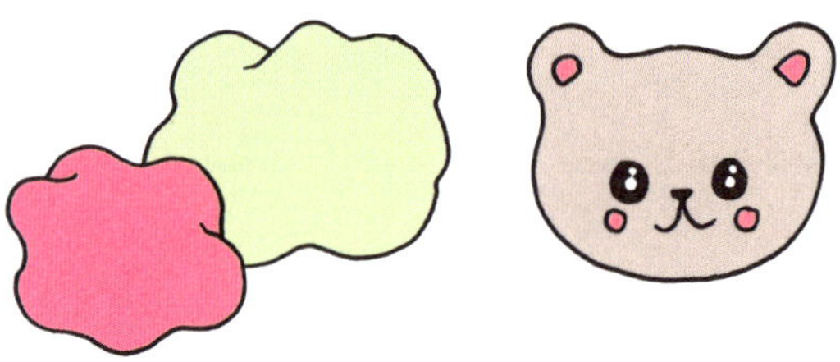

„Das klappt auch toll mit Bodylotion, Pudding und Duschgel statt Handlotion!“

Create
a Beautiful
Place

UPCYCLING

Heutzutage produzieren wir schnell und häufig sogar unbewusst viel zu viel Müll. Manche Verpackungen, Tragetaschen oder Plastikteile kann man aber toll bei DIY-Projekten einsetzen!

Wenn du sie gründlich reinigst, auf scharfe Kanten achtest und etwas darüber nachdenkst, fallen dir bestimmt wirklich coole Ideen ein.

Fordere dich doch mal selbst heraus und leg eine Woche lang alle Objekte, die zwar sauber sind, aber sonst in den Müll kommen würden, zur Seite und überlege dir, welche kreativen Projekte du daraus zaubern könntest.

Quasten-DIY

Quasten als Girlanden oder Anhänger für Schlüssel, Handtaschen und Co. sind supertrendy. Und du kannst sie aus Wolle ganz leicht selbst machen!

Du brauchst:

- Wolle
- eine Schere
- Bänder oder einen dickeren Faden

Schneide zunächst mehrere Bänder in der gleichen Länge ab.

Leg zwei Fäden zur Seite und knote eine Schlaufe hinein.

Platzier alle Bänder unterhalb der Schlaufe und mach in der Mitte einen Knoten, sodass die Quaste eine gleichmäßige Länge hat.

Greif zu dem zweiten Faden und knote damit etwa einen Zentimeter unterhalb der Schlaufe alle Bänder zusammen.

Überstehende Reste einfach vorsichtig wegschneiden und schon ist deine Quaste fertig!

WOLLE-BUCHSTABEN

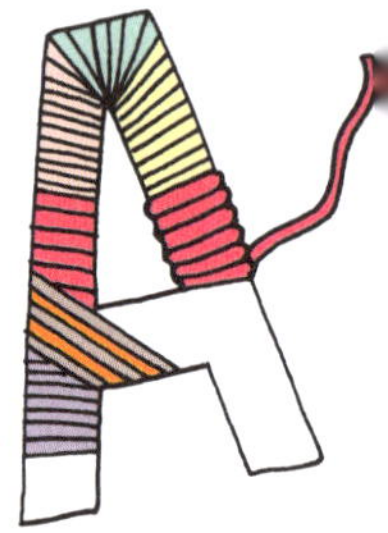

Ein cooler Spruch an der Wand? Oder dein Anfangsbuchstabe an der Zimmertür?

Für dieses tolle DIY benötigst du nur zwei Dinge, die du bestimmt zu Hause hast!

Du brauchst:

- Karton
- Wolle in einer Farbe deiner Wahl

Schneide aus Karton eine beliebige Form, einen Buchstaben oder eine Zahl aus.

Umwickle deine Vorlage anschließend mit Wolle in einer Farbe, die dir gefällt.

So kannst du ganz einfach geniale Anhänger oder coole Dekobuchstaben kreieren, die sich auch perfekt als Geschenke eignen!

SUPERSCHÖNE Pompons

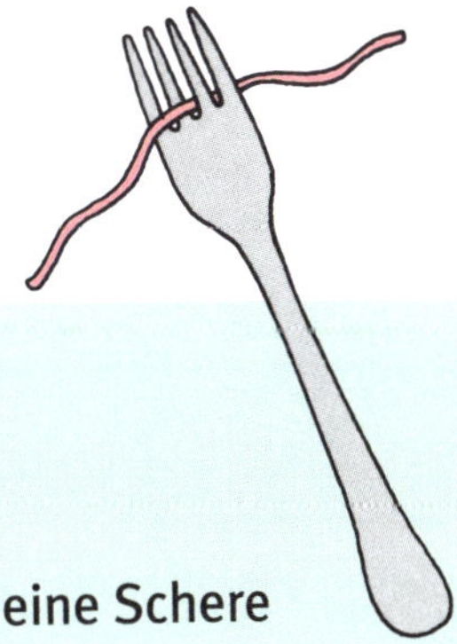

Du brauchst:

- eine Gabel
- flauschige Wolle
- eine Schere

Zunächst legst du einen kurzen Faden in die mittlere Zacke der Gabel.

Nun beginnst du einfach, das Wollknäuel rund um die Gabel zu wickeln. Wenn du das Gefühl hast, dass die Dicke passt, knotest du den Faden, den du zuvor in die Gabel gelegt hast, zusammen.

Schieb nun vorsichtig die Wolle von der Gabel. Links und rechts sollten sich Schlaufen gebildet haben, die du einfach durchschneiden kannst.

Zum Schluss musst du die Fäden noch in Form bringen und schon sind deine selbst gemachten Pompons fertig!

FLOWERBOX

zum Selbermachen

Vielleicht kennst du schon die runden Blumenboxen, die auf so vielen Instagram-Fotos gefeiert werden. Dann weißt du wahrscheinlich auch, dass sie oft superteuer sind.

Wir hingegen zeigen dir eine DIY-Variante, die du total günstig nachmachen kannst.

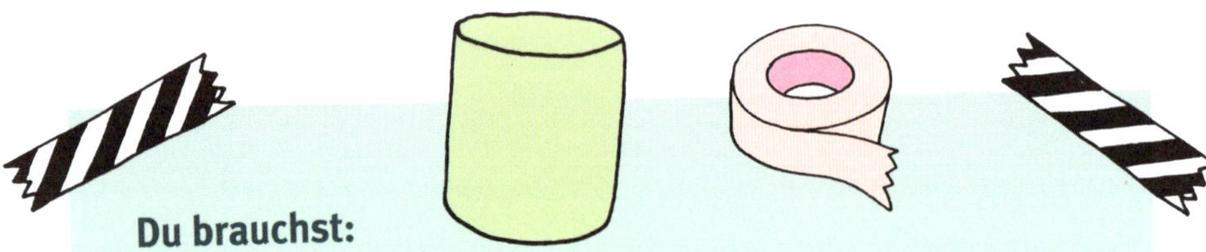

Du brauchst:

- einen runden Behälter einer alten Verpackung oder einen Plastik-Blumentopf
- ein Stück Karton mit dem Durchmesser des Behälters oder Blumensteckschaum
- Plastikblumen, z.B. Rosen
- Kleber und Klebeband
- Deko wie Glitzer und Farben

- Bemale zunächst den Behälter mit Farben deiner Wahl. Wirklich hübsch ist es auch, wenn man den Topf mit Kleber einstreicht und dann mit Glitzer bestreut.

- Soll die Blumenbox wie eine gekaufte aussehen? Schreib einfach einen schönen Spruch auf den Topf. Vielleicht auch deinen Namen?

- Nun befestigst du den Karton auf der oberen, offenen Seite des Topfes. Wenn es wirklich professionell wirken soll, verwende am besten ein Stück Styropor oder Blumensteckschaum.

- Die meisten Plastikrosen haben kleine Drahtstiele, die sich leicht durch den Karton stechen lassen. Um ganz sicherzugehen, kannst du die Blumen noch zusätzlich festkleben.

- Zuletzt kannst du die Blumenbox mit Schleifen, Strasssteinen und Glitzer individuell designen.

!

„Wir lieben die Unicorn-Flowerbox!
Mit einem kleinen goldenen Horn
zwischen den Blumen und auf die Box gezeichneten
geschlossenen Augen sieht sie wirklich magisch aus!“

Papierblumen

Blumen aus altem Zeitungspapier oder buntem Pappkarton sehen wunderschön aus!

Nimm einfach diese Vorlage und zeichne das Design auf ein Papier deiner Wahl. Schneide es mit der Schere aus, roll es zusammen, kleb das Ende fest und schon ist die Papierrose fertig.

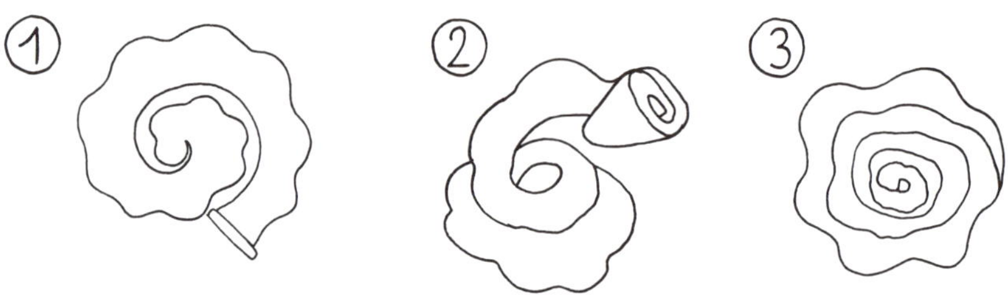

Coole Deko aus PFEIFENREINIGERN

Pfeifenreiniger gibt es im Bastelladen meist in den unterschiedlichsten Farben zu kaufen. Ihre flauschige Oberfläche und der biegsame Draht eignen sich perfekt für DIYs!

Biegsam und bunt

Coole dreidimensionale Objekte lassen sich ganz leicht aus Pfeifenreinigern basteln. Deiner Fantasie sind keine Grenzen gesetzt! Wie wäre es zum Beispiel mit Kakteen?

Mix it

Mische die Materialien! Wie wäre eine Figur mit einem Pompon als Kopf und Pfeifenreinigern als Arme und Beine? Kleine Gestalten und Monster lassen sich so superschnell formen. Federn, Glitzersteine, Knöpfe oder auch Sticker kannst du dafür verwenden.

Flauschige DIYs für den Alltag

Willst du einen Kugelschreiber verschönern, wünschst du dir einen neuen Anhänger oder hast Lust auf ein wackelndes Deko-Objekt am Ende deines Kugelschreibers? Denk an Dinge, die du täglich verwendest, und dir fallen bestimmt viele kreative DIY-Ideen ein!

Einfache DIYs mit STROHHALMEN

Strohhalme hast du bestimmt noch zu Hause. Wenn nicht, bekommst du sie in vielen Fast-Food-Ketten gratis.

Mit diesen einfachen DIY Hacks kannst du damit tolle Dinge basteln!

Plastikperlen einfach selbst machen
Schneide die Strohhalme so zurecht, dass sie wie Perlen aussehen. Wenn es futuristischer sein darf, kannst du die Stücke auch länger lassen und damit zum Beispiel einen dreieckigen Anhänger kreieren. Das Plastik lässt sich ganz leicht bemalen!

Supergünstiges Bastelmaterial
Strohhalme eignen sich auch ideal als Material für tolle Deko-Objekte. Wie wäre es mit Sternen aus Plastikstrohhalmen und Bändern? Mit etwas mehr Aufwand kann man aus ihnen auch schöne Blumenampeln zaubern.

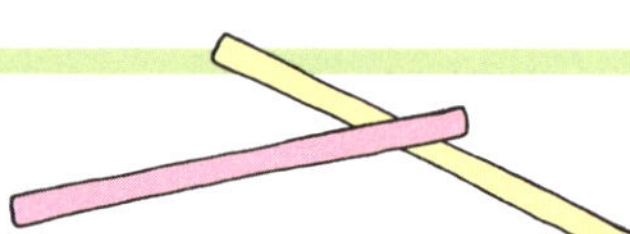

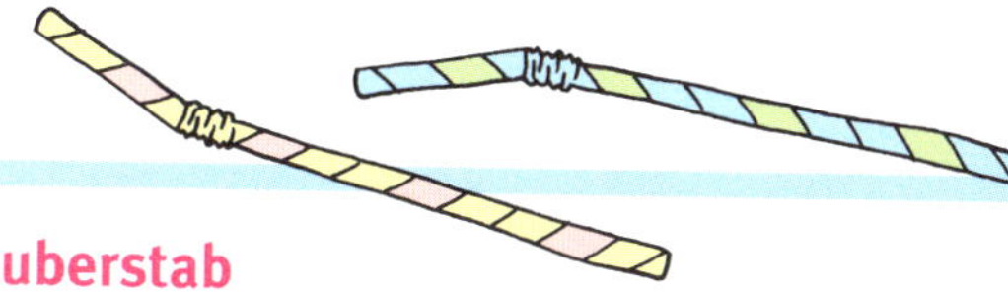

Funkelnder Glitzer-Zauberstab

Versiegle das Ende eines transparenten Strohhalmes vorsichtig mit Hitze. Dafür kannst du das Ende mit Backpapier umwickeln und es kurz mit einem Glätteisen umschließen. Jetzt musst du nur noch den Trinkhalm mit Lebensmittelfarbe, Babyöl, Wasser und natürlich Glitzer befüllen und das andere Ende versiegeln. Schon hast du einen magischen Glitzerstab!

Armreifen im Regenbogen-Style

Leg Trinkhalme in mehreren Farben dicht nebeneinander auf Backpapier und decke sie damit zu. Bügle dann vorsichtig darüber. Durch die Hitze verbinden sich die Plastikhalme miteinander. Schon nach wenigen Sekunden sind sie abgekühlt. Nun kannst du dein Regenbogenband nach Belieben benutzen! Wie wäre es mit einem schönen Armreif?

Bügelbilder 2.0

In 5 mm lange Stücke geschnitten kannst du Trinkhalme wie Bügelperlen verwenden: Platzier die Elemente auf Backpapier, deck sie damit zu und bügle wieder vorsichtig darüber. Deine gewünschte Form kannst du dann einfach ausschneiden.

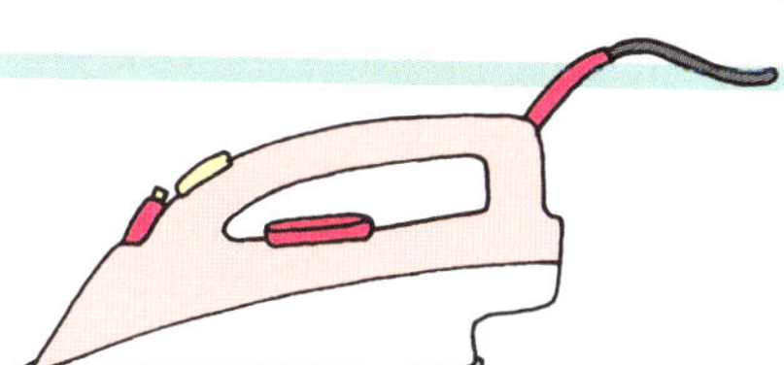

Lichterketten Hacks

Lichterketten sind nur was im Winter oder rund um die Feiertage? Nix da! Wir lieben ihr sanftes Licht und zeigen euch deshalb unsere liebsten DIYs rund um Lichterketten.

Eine Lichterkette mit Batteriefach kannst du perfekt in ein Einmachglas stecken und so schnell eine personalisierte Lampe basteln. Soll das Glas bemalt werden? In Glitzer getaucht werden? Oder willst du es doch lieber mit Muscheln und Sand füllen? Sei kreativ!

Deine Wanddeko ist dir zu langweilig? Eine coole großflächige Beleuchtung hellt das Zimmer nicht nur auf, sie kann auch megastylisch sein! Schlag Nägel in einen Holzrahmen und wickle anschließend eine Lichterkette kreuz und quer um die Nägel und rund um den Rahmen.

Passe deine Lichterkette je nach Jahreszeit an. Im Frühling sind Plastikblüten wunderschön und im Sommer kannst du richtigen Meeresflair erzeugen, indem du ein wenig Jutestoff und Muscheln darumwickelst. Oder du verwandelst Papierbecher in zeitlose Lampions.
Dafür musst du nur Löcher in die Böden machen und die Lämpchen durchfädeln.

Verleih deiner Lichterkette mit Polaroids, Fotos und Zeitschriftenausschnitten einen persönlichen Touch. Die Elemente einfach mit Büroklammern an der Kette befestigen.

Bieg ein dickeres Stück Draht zu einer Form deiner Wahl. Wie wäre es mit einem Herz oder einem Stern? Für eine coole Wanddeko musst du die Lichterkette nur noch um dein Motiv herumwickeln.

!

„Lichterketten eignen sich auch genial als Accessoire auf Fotos!“

5 Foto Hacks,

DIE GLÜCKLICH MACHEN!

Bilder erinnern an den letzten Urlaub oder besonders schöne Momente. Also häng dir deine liebsten Augenblicke auf und erfreu dich täglich daran!

Polaroids sehen immer toll aus, vor allem wenn du sie ästhetisch nebeneinander an eine Wand klebst.

Mit einem Band und ein paar Büroklammern kannst du eine tolle Girlande aus Fotos basteln.

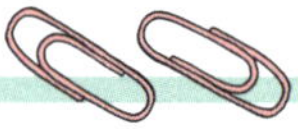

Wenn du keine Bilderrahmen verwenden willst, kannst du Fotos auch auf einer Leinwand befestigen.

Coole Karten und Zeitschriften lassen sich am besten auf einem Kleiderbügel für Hosen aufhängen.

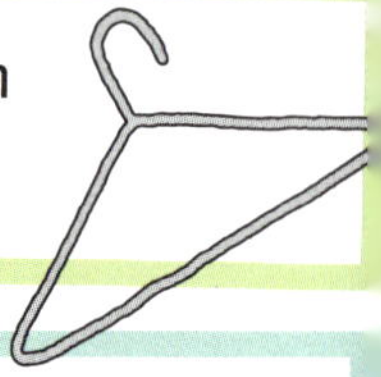

Du kannst auch einen Ast, ein Rohr oder einen anderen länglichen Gegenstand an die Wand montieren und deine Bilder dann an unterschiedlich lange Bänder und Fäden knoten.

Moodboard

Bist du auf der Suche nach Ideen oder einem neuen Projekt? Mit einem Moodboard kommst du gleich viel leichter ans Ziel!

Sammle schöne Bilder – zum Beispiel von Orten, die du immer schon besuchen wolltest –, motivierende Sprüche, coole Farben oder auch interessante Stoffe und Sticker zusammen. Schau online oder greif zu Fotos und Zeitschriften.

Schneide diese aus und kleb sie auf – ganz gleich, ob du dich für ein großes Board oder einen A4-Zettel entscheidest.

Nicht nur Bilder, auch Worte können inspirieren. Notier sie rund um die Fotos.

Häng dein Moodboard auf, und immer, wenn du neue Inspiration findest, füge sie einfach hinzu!

Nie mehr KAHLE WÄNDE

Hast du Angst, dich an einer Wandfarbe schnell sattzusehen? Mit diesen einfachen Hacks kannst du deine Wände auch nur temporär umstylen.

- Für eine wunderschöne Flower-Wall brauchst du nicht mehr als viele flache Blumen und Washi-Tape. Klebe die Blumen einfach mit dem Stiel an die Wand. Wenn sie dir nicht gefällt, kannst du sie leicht wieder entfernen.

- Plastikblüten sind auch ideal, um Bilderrahmen oder Ränder von Spiegeln mit etwas Flower Power zu versehen. Je nach Material des Spiegels halten sie mit normalem Sekunden- oder Heißkleber.

- Wenn du mehrere Nägel in die Wand hämmerst und diese dann mit einem Faden verbindest, entsteht daraus ein cooles geometrisches Muster.

Glanz- oder Glitzerfolien findest du in Bastelläden. Schneide eine Form deiner Wahl wie Punkte, Herzen oder Sterne aus und klebe viele davon an die Wand. Schon hast du eine persönliche Wall-Art!

Mit einem goldenen oder silbernen dicken Draht kannst du dir supereinfach einen Schriftzug deiner Wahl zurechtbiegen. Um den Drahtschriftzug noch kreativer zu gestalten, kannst du ihn mit Blumen, Glitzer oder Federn aufpeppen.

Montier einen Ast, einen Plastikstab oder einen ähnlichen Gegenstand entlang der Wand. Daran kannst du alle möglichen Elemente hängen und auch schnell wieder umdekorieren. Wirklich toll sind zum Beispiel große Herzen!

Mit verschiedenfarbigen Tüllstoffen lässt sich prima dekorieren! Auf einigen Nägeln in den Wänden und der Decke kannst du sogar recht schnell einen Regenbogen aus Tüll befestigen.

Beauty HACKS

Beauty Basics

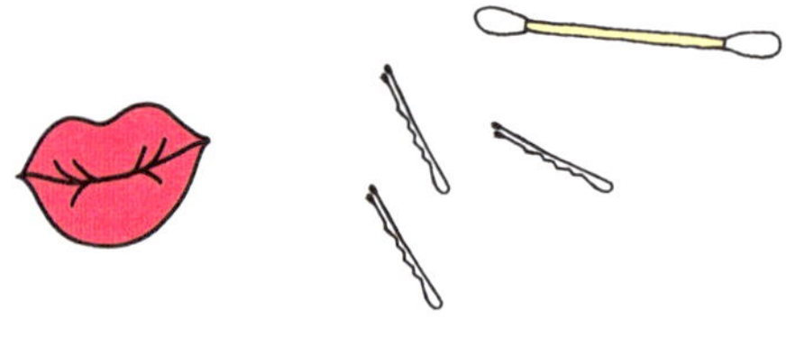

HALTBARKEIT

von Make-up

Wusstest du, dass auch Make-up ein Ablaufdatum hat?

Bei Schminke vergessen wir leider oft, das Haltbarkeitsdatum zu überprüfen. Doch alte Produkte können echte Bakterienschleudern sein! Abgelaufenes Make-up kann zu verstopften Poren, Unreinheiten und sogar schweren Hautirritationen führen. Für das Ablaufdatum von Kosmetik, gibt es ein eigenes Zeichen auf der Verpackung:

Ganz grob könnt ihr euch bei Make-up-Produkten an dieser Haltbarkeit nach dem Öffnen richten:

- Wimperntusche: 3 Monate
- Eyeliner: 3 Monate
- Foundation: 6 bis 12 Monate
- Nagellack: 24 Monate
- Lippenstift: 24 Monate
- Eyeshadow: 24 Monate
- Lipgloss: 18 Monate

TIPPS & TRICKS

rund um das Ablaufdatum

- Kannst du dich erinnern, wann du deine Handcreme das erste Mal geöffnet hast? Wohl kaum! Schau ab sofort direkt nach dem Öffnen auf die Haltbarkeit und notier dir das genaue Ablaufdatum.

- Cremes und flüssiges Make-up solltest du immer luftdicht verschließen. Durch Keime an Händen und in der Luft laufen sie schneller ab. Daher empfiehlt sich zum Entnehmen des Produkts ein Wattestäbchen.

- Pudriges Make-up wie Eyeshadow oder Rouge solltest du nicht im Badezimmer aufbewahren. Wenn es sich nicht vermeiden lässt, mach die Produkte gut zu. Denn die Luftfeuchtigkeit im Bad kann sogar dazu führen, dass sie zu schimmeln beginnen!

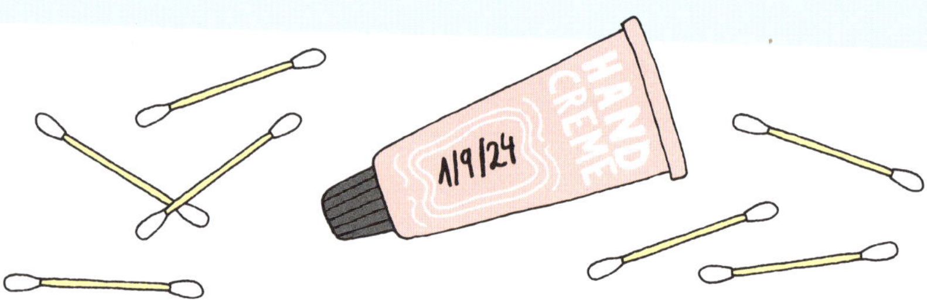

Reinigungs Hacks

Schminkst du dich täglich? Dann solltest du dir über die Hygiene von Pinsel und Co. wirklich Gedanken machen! Denn mangelnde Hygiene ist oft der Grund für Pickel und unreine Haut.

Hier sind für euch unsere besten Make-up-Hygiene-Hacks:

Hände waschen!
Wasche deine Hände immer gründlich, bevor du dich schminkst.

Pinsel und Schwämme reinigen
Sie sind absolute Bakterienherde. Deshalb solltest du nach jeder Anwendung deine Make-up-Pinsel reinigen. Etwas schwieriger ist es, alle Rückstände aus Beautyblendern und Schwämmen zu entfernen. Am besten gönnst du dir nach zu vielen Anwendungen (ca. 20) einfach neue.

Saubere Tasche, sauberer Inhalt
Auch deine Make-up-Tasche sollte ab und zu gewaschen werden. Schließlich ist es nicht sinnvoll, saubere Pinsel in eine dreckige Tasche zu packen.

! „Wer keinen Pinselreiniger kaufen will, kann auch auf Babyshampoo zurückgreifen. Es ist sanft zur Haut und zu den Pinseln – und reinigt toll!“

BASTELTRICKS

für das perfekte Make-up

Von unseren Bastelprojekten kennen wir einige Tipps und Tricks, die sich auch ganz einfach auf Make-up anwenden lassen!

Für mehr Farbintensität kannst du deine Haut zunächst mit einer weißen Eyeshadowbase oder einer helleren Farbe grundieren. So kommen bunte Farben besser zur Geltung – genau wie beim Basteln!

Das Gleiche gilt auch für deine Nägel: Wenn du Neonfarben oder Pastelltöne lackieren willst, solltest du vorher mit weißem Nagellack eine Grundlage schaffen. Dadurch wird die Farbe noch intensiver.

Vorsicht bei Glitzer! Er wird häufig aus kleinen Papier-, Plastik-, Glas- oder Metallstreifen hergestellt – deshalb solltest du Bastelglitzer nie als Make-up verwenden! Im Gesicht deshalb nur spezielles Glitzer-Make-up oder schimmernde Eyeshadows benutzen.

Stoffe & Beauty

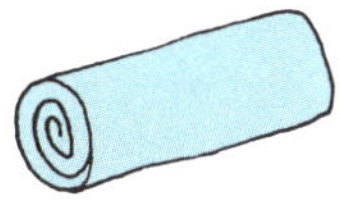

Mit ganz einfachen Hacks können Handtücher, Kissen und Co. dir bei der Beauty-Pflege helfen!

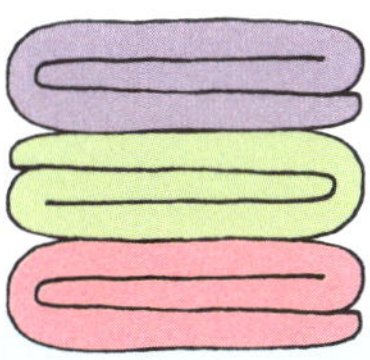

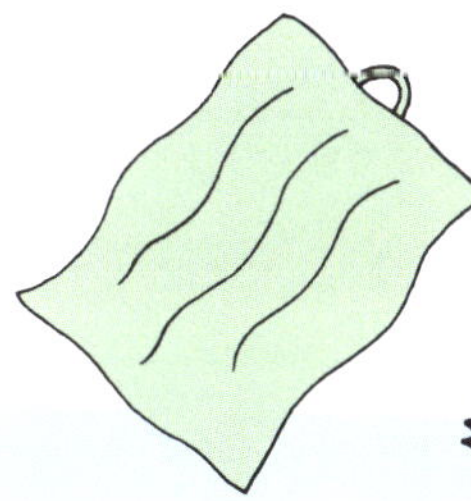

- Wechsle regelmäßig deine Handtücher. Wir empfehlen, mehrere Handtücher für Hände, Körper und das Gesicht zu verwenden. Mit kleinen Handtüchern hast du nicht einmal mehr Wäsche!

- Nach dem Waschen solltest du das Haar einfach in ein Handtuch wickeln und für etwa zehn Minuten trocknen lassen. Dadurch wird Feuchtigkeit aufgesaugt und das Föhnen gleich viel leichter.

- Benutz Kopfkissen mit glatten Oberflächen, z.B. aus Satin oder Seide. Sie sind besser für Haut und Haar.

Die besten REISE HACKS

So kommst du stressfrei in den Urlaub:

Roll deine Kleidung zusammen, dann passt mehr in den Koffer.

Leg deine Schuhe in eine Einweg-Duschhaube. So bleibt deine Kleidung sauber.

Um zu vermeiden, dass sich Ketten verknoten, kannst du sie durch einen Strohhalm fädeln und sie dann verschließen.

Platzier Wattepads auf Puder und Lidschatten, um sie beim Transport zu schützen.

Falls dein Lockenstab keine hitzebeständige Tasche hat, nimm einfach einen Kochhandschuh.

Denk immer an Handdesinfektionsgel – auf Flughäfen, Bahnhöfen und Raststationen wimmelt es nur so von Bakterien.

Die wichtigsten Dinge wie Medikamente, Brille oder Lippenbalsam solltest du immer griffbereit im Handgepäck haben.

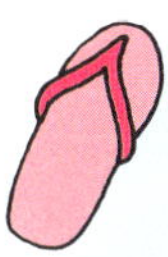

Nimm kleine Snacks wie Müsliriegel mit auf die Reise. Dann musst du kein teures Essen unterwegs kaufen.

Eine Powerbank ist ein absolutes Muss. Wer weiß schon, wo die nächste Steckdose ist?

Pack einen Schal ein. Den kannst du als Kissen oder Decke verwenden, falls du schlafen möchtest.

EVERYTHING YOU NEED

Bag

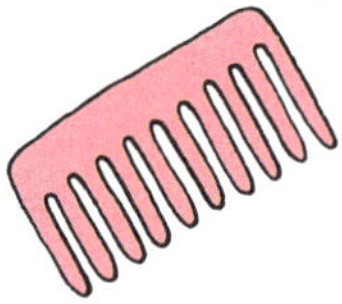

Die Beautybag für alle Fälle!

Es gibt einige Dinge, die braucht man *immer*, wenn man unterwegs ist. Genau dafür ist diese kleine Beautybag gedacht. Such die nötigsten Sachen zusammen und pack sie in eine Tasche – ganz gleich, ob in einen Rucksack oder eine Handtasche. In der Stadt oder auf Reisen, diese kleine Tasche ist superpraktisch!

!

„Ich bin ein Tollpatsch und kleckere mich häufig voll! Deshalb habe ich immer einen Fleckenstift dabei, mit dem man kleine Missgeschicke auch unterwegs beseitigen kann."

Glückliche Mädchen sind am schönsten

Abschminken
LEICHT GEMACHT

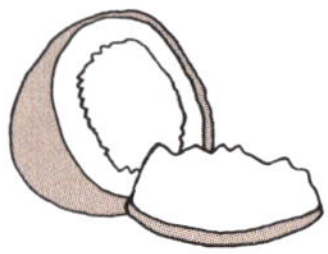

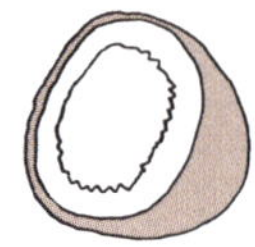

DIY-Abschminktücher:

Gib Wattepads in einen Behälter und übergieß sie mit einer der folgenden Mischungen:

- 2 TL Babyshampoo
- 2 TL Kokosöl
- 1 Becher Wasser

Erhitz das Kokosöl in der Mikrowelle und verrühre es gut mit den anderen Zutaten.

- ein halber Becher Wasser
- 8 Tropfen Mandelöl
- 2 TL Kokosöl
- 1 EL Milch

Auch hier das Kokosöl kurz erhitzen, bis es flüssig ist, und anschließend mit den restlichen Zutaten vermischen.

- 4 TL flüssige Naturseife
- 1 TL Kokosöl
- 5 Tropfen Mandelöl
- ein halber Becher Wasser

Diese Reinigung ist etwas intensiver. Pass deshalb rund um die empfindliche Augenpartie auf!

- 2 EL Aloe-Vera-Gel
- 2 Tropfen Jojoba-, Mandel- oder Olivenöl

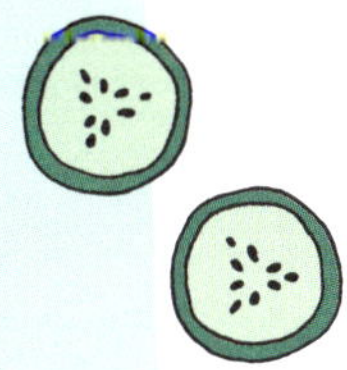

Die Mixtur aus nur zwei Zutaten ist erfrischend auf der Haut und zugleich beruhigend und sanft.

Reines Kokosöl oder Sheabutter:
Als Abschmink-Lotions sind diese zwei Wunderwaffen wirklich toll, aber recht fettig und teuer. Jedoch sind sie ideal für trockene Haut oder in Zeitnot. Zum Auftragen am besten Wattepads und Wattestäbchen verwenden. Das ist hygienischer und geht viel einfacher als mit den Fingern.

„Solltest du mal nichts davon zu Hause haben, reinige dein Gesicht einfach mit ein paar dünnen Gurkenscheiben, die du auf der Haut verreibst."

PICKEL-NOTFALL-HACKS!

Die Pickel-Panik hat ein Ende!

Mit diesen Hacks sagst du Tschüss zu unreiner Haut:

Jetzt wird's klebrig

Honig wirkt antibakteriell und entzündungshemmend – deshalb vorsichtig ein wenig davon auf den Pickel auftragen und ein paar Stunden einwirken lassen. Klebrig, aber supereffektiv!

Mit Knoblauch kann man nicht nur Vampire verjagen

Zerdrück eine Knoblauchzehe und tupfe den Saft mit einem Wattestäbchen direkt auf die betroffene Stelle. Knoblauch hilft sogar bei Insektenstichen!

Geheimwaffe Teebaumöl

Einfach ein paar Tropfen auf ein Wattepad oder Wattestäbchen geben, auf die Unreinheit drücken und über Nacht einwirken lassen.

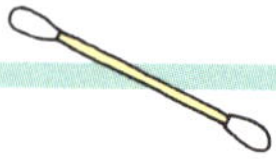

! „Online werden auch Backpulver und Zahnpasta als Wundermittel gegen Pickel angepriesen. Für die empfindliche Gesichtshaut finden wir diese aber viel zu aggressiv. Sei also vorsichtig, wenn du im Internet nach Hausmitteln gegen Unreinheiten suchst."

DIY-Gesichtsmasken

Lisa ist ein wahrer Gesichtsmasken-Junkie! In unseren Videos haben wir die verschiedensten DIY-Varianten getestet. Hier sind unsere liebsten Gesichtsmasken zum Selbermachen:

Für mehr Feuchtigkeit: Mische zwei Esslöffel Honig mit einem halben Teelöffel Olivenöl.

Gegen Unreinheiten: Vermenge etwas Kokosöl mit Eiweiß.

Bei fahler Haut: Mixe zwei Esslöffel griechischen Joghurt mit einem Teelöffel Zitronensaft.

Für mehr Glow: Zerdrück eine Tomate und vermische sie mit zwei Esslöffeln Milch.

Zur Beruhigung: Vermenge eine halbe zerdrückte Banane mit einem Teelöffel Honig.

Ausgleichend: Zerkleiner eine halbe reife Avocado und vermixe sie mit einem Teelöffel Joghurt.

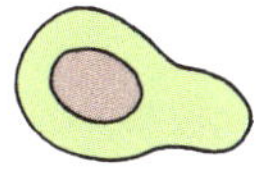

! Lass die Gesichtsmasken etwa 10 Minuten einwirken und wasche sie anschließend vorsichtig mit einem warmen feuchten Wattepad ab.

CONCEALER, COLOR CORRECTING

Hast du dich auch schon mal gefragt, warum man sich überhaupt grüne Farbe ins Gesicht schmieren sollte? Tatsächlich können bestimmte Töne Ungleichheiten wie Rötungen und Flecken ausbalancieren.

Die Farben haben folgende Effekte auf der Haut:

GELB: Gleicht Lila- und Blautöne aus und beruhigt leichte Rötungen – ideal bei Augenringen!

GRÜN: Die Wunderwaffe gegen Pickel und gerötete Stellen!

PINK: Erhellt schlaffe Partien und dunkle Flecken.

LILA: Neutralisiert gelbe Untertöne auf heller Haut.

PFIRSICHFARBEN: Gleicht dunkle Augenringe auf der Haut aus. Perfekt für mittelbraune bis braune Haut.

Klimper-Wimpern

So zauberst du den perfekten Augenaufschlag!

Wer kennt es nicht? Wimperntusche verklumpt meist schon sehr schnell. Hier hilft ein einfacher Trick: Gib die Wimperntusche in ein Glas mit warmem Wasser und schon nach wenigen Minuten wird sie wieder flüssig.

Für vollere Wimpern bewirkt Puder wahre Wunder! Mit einem Wimpernbürstchen das transparente Gesichtspuder auftragen und die Wimpern anschließend wie gewohnt tuschen.

Die meisten Mascarabürstchen kann man auch ideal dazu verwenden, die Wimpern gezielt nach oben zu biegen. Machst du das gleich beim Auftragen, hast du direkt schwungvolle Wimpern.

ALLROUNDER:

Der Lidschatten

Wir lieben es, Lidschatten in DIY-Projekten einzusetzen. Die pudrige Konsistenz, die starke Pigmentierung und die Hautfreundlichkeit machen ihn wirklich vielfältig einsetzbar.

- Mit dem passenden Lidschatten kannst du ganz schnell Lippenbalsam einfärben und sogar Schimmer oder Glitzer hinzufügen.

- Glitzernder oder schimmernder Lidschatten verleiht deinen Lippen einen extremen Look. Wenn du willst, kannst du auch nur die Mitte der Lippen, die Ober- oder Unterlippe betonen.

- Heller Lidschatten ist toll, um Highlights im Gesicht zu setzen. Tupfe ein wenig hellen Eyeshadow auf die Mitte der Unterlippe, damit diese voller wirkt. Oder trag ihn unter den Augenbrauen auf, um deinen Blick optisch zu öffnen.

- Hautfarbene Eyeshadows eignen sich perfekt für Contouring. Zwei kleine dunkle Linien reichen aus, um deine Nase schmaler wirken zu lassen!

- Lidschatten in braunen Farbtönen sind ideal als Eyeliner oder um Augenbrauen zu formen.

SOS
für die Lippen

Diese Hausmittelchen helfen sofort bei gereizten und spröden Lippen:

Nie trockene Lippen befeuchten, so reißen sie nur noch leichter auf!

Jojobaöl sorgt direkt für geschmeidigere Lippen.

Eine Gurkenscheibe beruhigt strapazierte Lippen.

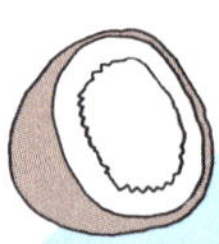

Kokosöl schützt die Lippen perfekt, wenn mal keine Pflege zur Hand ist.

Verwende als Lippenbalsam-Ersatz eine Honig-und-Olivenöl-Mischung.

Meide UV-Strahlung, denn die kann Herpes fördern!

Kokosöl-Peeling

FÜR SCHÖNE LIPPEN

Gesunde Lippen sind ein Beauty-Goal!

Denn bei guter Pflege ...

- kann der Lippenstift gleichmäßiger aufgetragen werden.
- wirken die Lippen dank der guten Durchblutung voller.
- sehen sie auch nur mit Lippenbalsam toll aus!

Unser Hack für gepflegte Lippen:

- Vermenge eine kleine Menge Kokosöl mit Zucker für ein superschnelles DIY-Peeling!
- Wenn du daraus kleine Klumpen formen kannst, trag das Peeling auf deinen Lippen auf und reib es vorsichtig ein. Nach wenigen Sekunden schmilzt der Zucker und die Lippen sind gepeelt.
- Die Reste kannst du dann einfach mit der Zunge weglecken.

DIY-Lippenbalsam

Ob in deiner Lieblingsfarbe, mit Nutella-Geschmack oder als süßes Geschenk: Lippenpflege ist supereinfach herzustellen!

Hier sind ein paar tolle Rezepte, die du alle mit dieser Anleitung zubereiten kannst:

- Bienenwachspastillen sind in Reformhäusern erhältlich. Du kannst aber auch einfach Kerzenwachs aus einem Teelicht rausschneiden. Wichtig ist nur, dass dieses farb- und geruchlos ist.
- Anstatt Kokosöl kannst du bei vielen Rezepten auch Olivenöl verwenden.

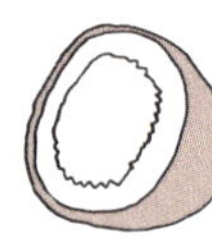

- Erhitze vorsichtig das Öl und das Wachs in einem großen Löffel über einem Teelicht.
- Fülle die flüssige Mischung einfach in einen leeren Behälter um.

! „Lippenbalsam kannst du auch ideal als Creme für deine Nagelhaut verwenden.“

REZEPTE

Basisrezept für Lippenbalsam

- 1 TL Kokosöl
- 1 TL Bienenwachspastillen
- Lebensmittelfarbe oder Lidschatten zum Einfärben

Nutella-Balsam

- 1 TL Kerzenwachs
- 2 TL Olivenöl
- 1/2 TL Nutella

Wasabi-Balsam

- 2 TL Kokosöl
- 2 TL Puddingpulver
- 1–2 TL Wasabi
- 1 TL Teelichtwachs

Minze-Balsam

- 1 TL Teelichtwachs
- 2 TL Kokosöl
- 1 TL Zahnpasta

Erdnuss-Balsam

- 1 TL Kerzenwachs
- 1 1/2 TL Kokosöl
- 1 TL Erdnusscreme oder Erdnussbutter

Vanillepudding-Balsam

- 2 TL Kokosöl
- 2 TL Puddingpulver
- 1 TL Bienenwachspastillen

LIPPENSTIFT Hacks

Tipps und Tricks rund um Lippenstifte:

Keine Lust auf ständiges Nachschminken?
Tupfe die Lippen nach dem Auftragen des Lippenstifts vorsichtig mit einem Papiertaschentuch ab. Pinsle transparenten Gesichtspuder darauf und verwende dann erneut den Lippenstift. So halten geschminkte Lippen gleich viel länger!

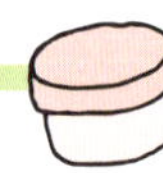

Zerdrückter oder abgebrochener Lippenstift?
Fülle den Lippenstift einfach in einen Kontaktlinsenbehälter oder ein kleines Döschen. Schon kannst du ihn ganz leicht mit einem Pinsel oder den Fingern auftragen.

Kein Rouge zur Hand?
Lippenstifte in Orange, Rosa oder Rot eignen sich ideal als Rouge. So hast du zwei Produkte zum Preis von einem und aufgrund der gleichen Farbnuancen passen Lippen und Wangen perfekt zusammen.

BEAUTY-GOAL
weiße Zähne

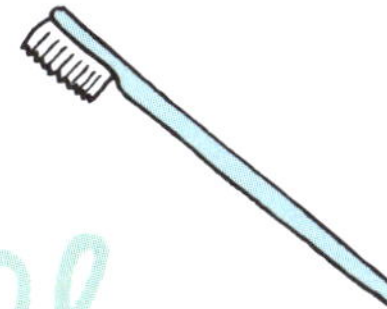

Gesunde Zähne sind ein Muss für ein schönes Lächeln! Die besten Tipps dafür verraten wir euch hier:

- Putz deine Zähne morgens und abends. Verwende danach immer Zahnseide und eine Mundspülung.
- Spül morgens vor dem Zähneputzen für etwa 10 Minuten deinen Mund mit einem Esslöffel Kokosöl durch, um Zähne und Zahnfleisch zu schützen.

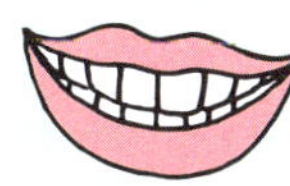

- Wechsle deine Zahnbürste alle drei Monate.
- Trink viel Wasser, damit sich keine Verfärbungen durch Lebensmittel bilden.
- Iss knackiges Gemüse oder Obst. Das ist wie Zähneputzen für unterwegs!
- Pass auf, welchen Lippenstift du trägst. Bläuliche oder dunkle Farbtöne können die Zähne gelber erscheinen lassen.
- Zweimal im Jahr solltest du einen Mundhygiene-Termin beim Zahnarzt vereinbaren. So brauchst du nie Angst vor Spritzen oder Bohrern zu haben!

Love is in the Hair

HAAREBÜRSTEN

So geht es richtig!

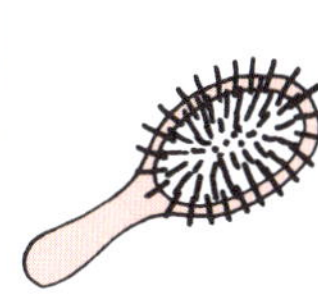

Du wirst es wahrscheinlich kaum glauben, aber ein häufiger Grund für kaputtes Haar ist zu seltenes Bürsten. Regelmäßiges Kämmen regt die Durchblutung an, sorgt für eine gesunde Kopfhaut und besseren Haarwuchs.

Diese Tipps solltest du dabei beachten:

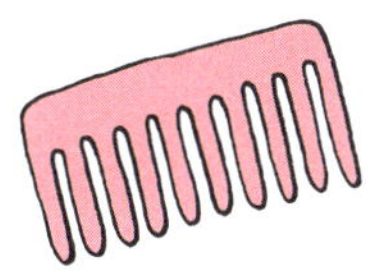

- Nasses Haar immer vorsichtig kämmen.
- Bei kurzem Haar braucht man häufig gar keine Bürste, es reicht oft ein breiter Kamm.
- Antistatische Bürsten verhindern fliegende Haare. Am besten sind hier Naturborsten. Aber Vorsicht: Finger weg von Borsten, die wie kleine Nadeln stechen!
- Bürsten mit Keramik- oder Metallkörpern sind toll zum Föhnen, denn sie bringen Volumen und Schwung ins Haar.

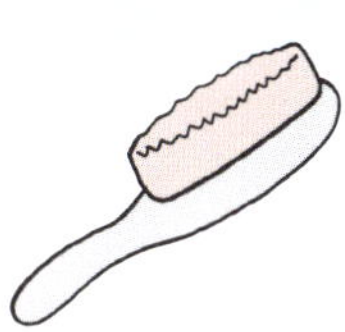

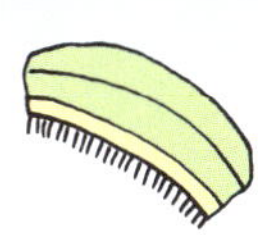

Unsere TIPPS & TRICKS für schönes langes Haar

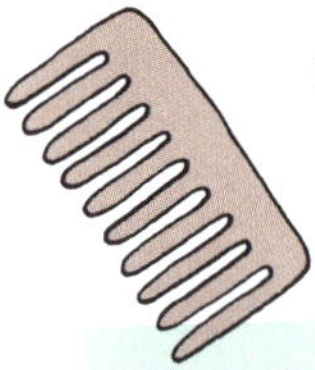

Je gesünder die Kopfhaut, desto schöner die Haare

Mit speziellen Pflegeprodukten, pflanzlichen Ölen oder regelmäßigen Kopfhautmassagen kannst du die Durchblutung deiner Kopfhaut anregen. Dein Haar dankt es dir mit mehr Spannkraft und Glanz.

Haarausfall? Kein Problem!

Schönheit kommt wirklich von innen. Die wichtigsten Powerstoffe für gesundes Haar sind in Obst, Gemüse, Fleisch, Fisch und Vollkorn enthalten. Außerdem solltest du viel trinken, mindestens zwei Liter Wasser täglich. 150 Haare am Tag zu verlieren ist normal. Sollten es aber deutlich mehr sein, such am besten einen Arzt auf.

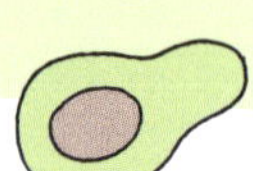

Bürsten, was das Zeug hält

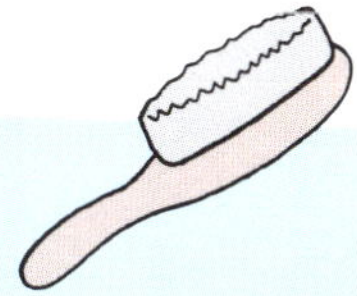

Durch häufiges Bürsten werden die Durchblutung der Kopfhaut und das Haarwachstum gefördert. Vorsicht jedoch, wenn das Haar noch nass ist, da es dann schnell abbrechen kann. Also nimm hier lieber eine Bürste speziell für feuchtes Haar.

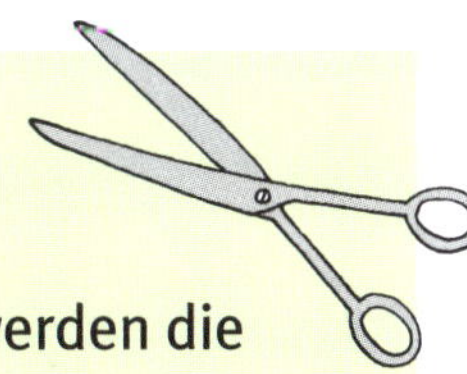

Spliss den Kampf ansagen

Je länger das Haar, desto empfindlicher werden die Spitzen. Es gibt keine schnellere und gründlichere Lösung als Spitzenschneiden. Regelmäßiges Haareschneiden alle vier bis acht Wochen ist die wichtigste Voraussetzung für schönes langes Haar.

Spezialprodukte verwenden

Übermäßiges Hitzestyling wie Föhnen und Glätten schadet dem Haar und strapaziert es. Mit der Zeit verliert es dadurch an Feuchtigkeit und Elastizität. Spezielle Pflegeprodukte können das jedoch gut ausgleichen.

Die besten Hacks

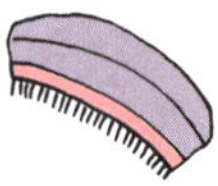

BEI KAPUTTEM HAAR

Zu viel Sonne, keine oder schlechte Pflegeprodukte sowie Stress können Haare trocken, spröde und strohig werden lassen.

Hier sind unsere liebsten Tipps rund um die Pflege von kaputtem Haar:

Schön über Nacht
Massier vor dem Schlafengehen eine Kur in deine trockenen Haare ein und lass sie über Nacht einwirken. Bei feinem Haar kannst du die Kur auch nur in die Spitzen machen. Morgens das Haar dann wie gewohnt waschen.

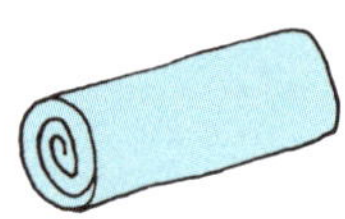

Der Wärmetrick
Wenn du eine Haarmaske verwendest, wickle die Haare in transparente Folie oder ein Handtuch ein. Durch die Wärme können manche Pflegestoffe noch besser wirken.

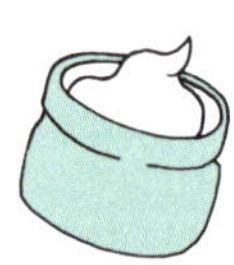

High Speed
Bei Zeitnot helfen Leave-in-Masken, die nicht ausgewaschen werden müssen. Sie pflegen das Haar, ohne zu beschweren.

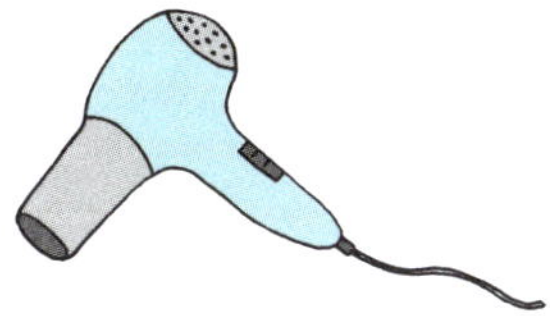

Weniger ist mehr!

Wasch deine Haare am besten nicht jeden Tag und lass sie so oft wie möglich lufttrocknen. Vermeide Chlorwasser, Sonne, Blondierungen, häufiges Föhnen und stark festigende Stylingprodukte.

!

Haarmasken werden auf das handtuchtrockene Haar aufgetragen. Das funktioniert am besten mit einem grobzinkigen Kamm. Die Einwirkzeit kann je nach Produkt zwischen zwei und zehn Minuten variieren. Danach gründlich mit viel warmem Wasser ausspülen.

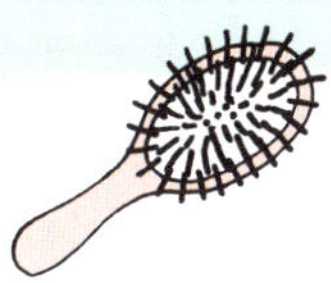

Sanfte Pflege

Benutz nach jedem Waschen eine Pflegelotion, die nicht ausgespült werden muss. Sie erleichtert das Durchkämmen und schützt die Haare. Verwende hierbei nur hochwertige Kämme und Bürsten.

Glänzender Abschluss

Schließ das Haarewaschen mit kaltem Wasser ab. Das verleiht dem Haar mehr Glanz und Geschmeidigkeit.

DIY-Haarpflege

Mindestens einmal wöchentlich sollten deine Haare mit einer intensiven Pflege verwöhnt werden. Für unsere DIY-Haarmasken hast du vielleicht sogar alles schon zu Hause:

Feuchtigkeits-Haarmaske:

- 1 EL Olivenöl
- 125 ml Joghurt

Mische den Joghurt mit Olivenöl und lass das Ganze 20 Minuten einwirken. Anschließend kannst du deine Haare ganz normal mit Shampoo waschen.

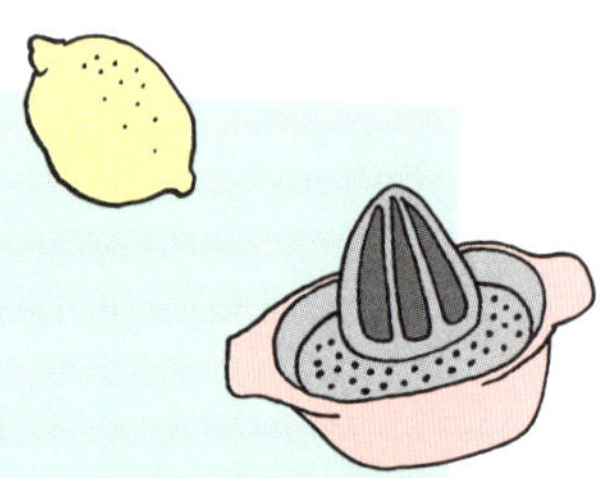

Kopfhautpflege bei fettigem Haar:

- 100 ml Apfelessig
- 1 TL Zitronensaft

Trag nach dem Shampoonieren diese Mixtur auf die Kopfhaut auf. Spül sie nach 10 Minuten ab und verwende dann wie gewohnt Conditioner.

Glanz-Haarmaske:

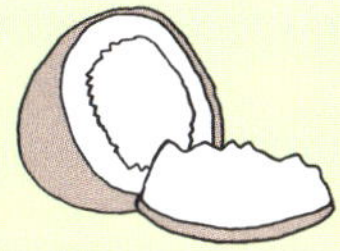

- 1 Ei
- 1 Becher Kokosmilch
- 1 TL Olivenöl

Vermenge die Zutaten mit einem Schneebesen. Massiere die Mischung in Kopfhaut und Haare ein, vor allem in die Haarspitzen. Nach 20 Minuten gut abspülen.

Haarmaske für brüchiges Haar:

- 2 EL Kokosöl
- 1 TL Honig

Erhitz beide Zutaten kurz zusammen in der Mikrowelle und verrühre sie dann gut. Lass sie nur in den Spitzen für 15 Minuten einwirken.

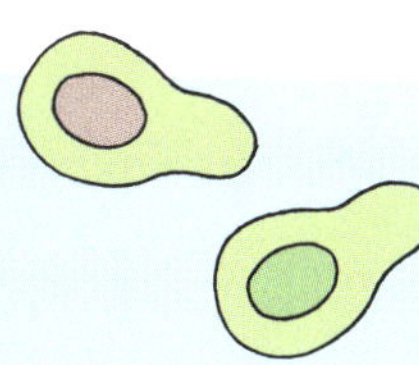

Eine-Zutat-Pflege:

- 1 Avocado

Zerdrück eine geschälte reife Avocado mit einer Gabel. Den Avocadomatsch einfach auf das nasse Haar auftragen und etwa 20 Minuten einwirken lassen.

Mehr Volumen

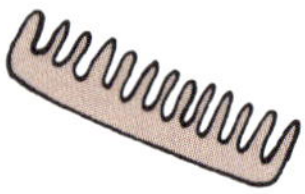

FÜR FEINES HAAR

Feines Haar ist empfindlich und braucht die passende Pflege. Hier sind unsere besten Tipps:

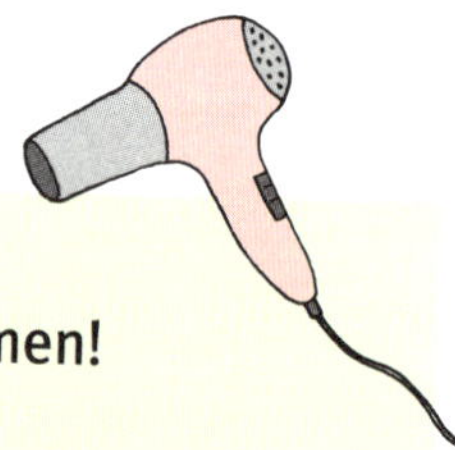

- Kopfüber föhnen sorgt für mehr Volumen!
- Nutze spezielle Shampoos für feines Haar
- Achte auf das Timing: Das Haar dreimal länger ausspülen als shampoonieren
- Haarspray kopfüber aufsprühen für mehr Volumen
- Wechsle deinen Scheitel häufig für mehr Standfestigkeit am Ansatz

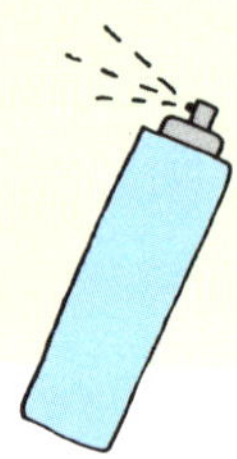

! Schon gewusst? Unsere Haare wachsen täglich 0,3 mm. Dabei verbrennen wir rund 135 Kalorien. Haarpflege ist also schon fast Sport!

HAARE & FARBE

Was du wissen solltest, bevor du dir die Haare färbst:

Sei vorsichtig, wenn du deine Haare selbst färbst. Haarfarben, Tönungen und Pigmentierungen haben immer eine unterschiedliche Intensität. Im Zweifelsfall frag am besten deinen Friseur.

Gefärbtes Haar benötigt intensivere Pflege. Als Faustregel gilt: Das Haar dreimal so intensiv pflegen wie unbehandeltes. Hierfür am besten spezielle Shampoos und Pflegeprodukte benutzen.

Es gibt auch Farbauffrischer, die den Ton noch intensivieren. So bleibt die Farbe lange leuchtend.

Auch auf deine Haare kannst du die Farbenlehre aus dem Basteln anwenden. Wenn dein blondes Haar zu gelbstichig wird, musst du es einfach mit einem blauen Silbershampoo waschen.

Urlaub

FÜR DIE HAARE

Träumst du auch schon wieder vom Sommer? In der Sonne sitzen, am Strand faulenzen, im Meer schwimmen. Doch für unsere Haare ist das leider Stress pur. Durch zu viel Sonne wird es hell, glanzlos, spröde und sogar brüchig.

Mit diesen Tipps ist dein Haar auch im Sommer schön:

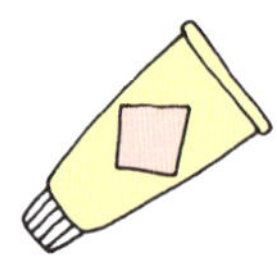

- Ein Muss im Reisekoffer: Shampoo für strapaziertes Haar. Bei vielen Bädern in der Sonne und im Meer wird dein Haar es brauchen.

- Vorsicht, Alkohol! Verzichte im Sommer am besten auf Stylingprodukte mit Alkoholgehalt. Dadurch können deine Haare schnell ausbleichen.

- Schütz dein Haar vor UV-Strahlen mit speziellen Schutzsprays, Hüten oder modernen Kopftüchern.

- Massier vor dem Sonnenbaden ein paar Tropfen Haaröl ins feuchte Haar ein.

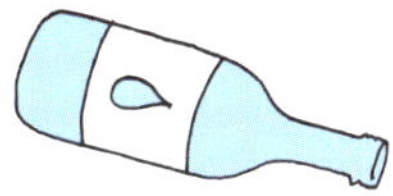

- Spül deine Haare vor und nach dem Baden mit Süßwasser aus. So haben Chlor und Salz keine Chance! Ist keine Dusche vor Ort, kannst du eine Flasche Leitungswasser benutzen.

- Hat dein blondes Haar einen Grünstich von zu viel Chlor im Pool? Einfach zwei Tabletten Aspirin in Wasser auflösen und das Haar mehrmals damit übergießen.

- Finger weg von Metallspangen! Sie erhitzen sich im Sonnenlicht und machen das Haar brüchig. Ohnehin solltest du auf einen straffen Pferdeschwanz verzichten und deine Haare lieber locker flechten.

- Die Sommermonate eignen sich perfekt zum Lufttrocknen. Wer das nicht mag: Den Föhn einfach auf Kaltluft stellen. Und auch beim Haarewaschen kannst du auf Hitze verzichten.

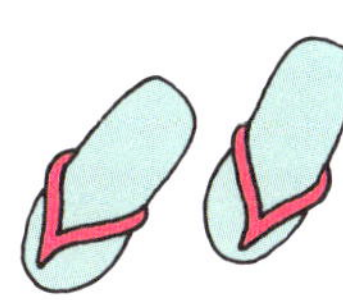

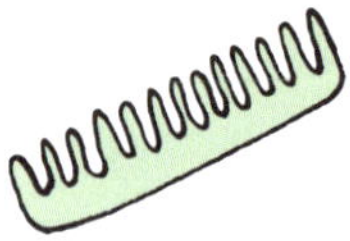

Instafamous HAIRSTYLES

In vielen Kommentaren unter unseren Instagram-Posts werden wir für unsere tollen Haare gelobt. Aber du solltest wissen, dass wir – genau wie viele andere Instagrammer, YouTuber und Stars – bei den Haaren schummeln.

Hier sind die häufigsten Insta-Schummeltricks zum Nachmachen:

- Hairextensions: Diese werden für mehrere Monate in die Haare geklebt, geflochten oder geklemmt.
- Clip-Ins: Je nach Lust und Laune kannst du damit ganz einfach längere, vollere oder farbige Haare erhalten.
- Perücke: eine ganz extreme, aber erstaunliche Veränderung!

Es steckt wirklich viel Zeit dahinter, damit die Frisur auf einem Foto toll aussieht. Wenn du das nächste Mal mit deinen Haaren unglücklich bist, denk immer daran, dass online ziemlich viel getrickst und retuschiert wird. Und das nicht nur bei den Haaren!

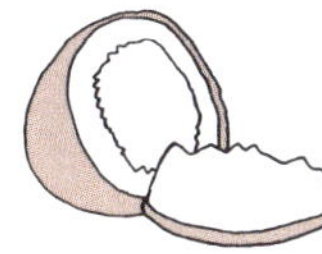

Liebe deinen Körper

Badewannen HACKS

Ein Bad ist superentspannend! Mit Badezusätzen macht das Ganze noch mehr Spaß. Sie haben auch eine tolle Wirkung auf deinen Körper!

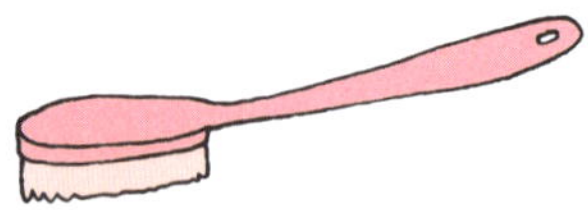

Super Soft

- Für geschmeidige Haut gib einfach ein paar Tropfen Olivenöl in die Wanne.
- Auch Badewasser gemischt mit zwei Bechern Vollmilch macht die Haut unglaublich weich.

Relax

- Badesalze reduzieren Stress. Sie sind in großen Packungen erhältlich und supergünstig.
- Mit Lavendelöl oder getrocknetem Lavendel kannst du ebenfalls herrlich gut entspannen.

Belebend

- Gib fünf Teebeutel grünen Tee ins Badewasser. Er bringt den Kreislauf so richtig in Schwung.
- Fühlst du dich krank? Dann nimm ein entgiftendes Bad mit ein paar Stücken frischem Ingwer.

! „Du kannst auch kleine Organzabeutel oder Glasbehälter mit Salz und Kräutern befüllen. Das sieht hübsch aus und ist ein tolles Geschenk!“

DIY-BADEBOMBEN

Wir sind riesige Fans von Badebomben! Sie riechen toll, wirken entspannend und sind das perfekte Geschenk.

Du brauchst:

- 250 g Natron
- 125 g Zitronensäure-Pulver
- 75 g Maisstärke
- 90 g Kakaobutter
- ein Duftöl deiner Wahl (z.B. Rosenduft), Dekoelemente (z.B. 2 EL Rosenblüten) oder Lebensmittelfarbe

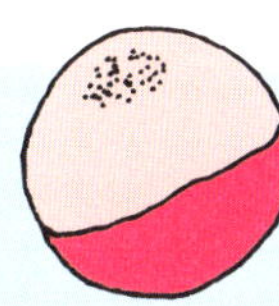

- Vermische das Natron mit der Zitronensäure und der Maisstärke in einer großen Schale.
- Erhitz die Kakaobutter vorsichtig in einem Wasserbad oder der Mikrowelle und gib sie zu der Mischung hinzu.
- Mische dann Lebensmittelfarbe, ein paar Tropfen Duftöl und/oder Dekoelemente unter.
- Knete daraus mit den Händen etwa fünf Kugeln oder andere Formen und lass sie ca. einen Tag lang trocknen.

Schon sind deine eigenen Badebomben fertig!

DUSCHJELLY

einfach und günstig

Duschjellys machen unglaublich viel Spaß, doch leider sind sie meist sehr teuer. Dabei kannst du sie supereinfach selbst herstellen!

Du brauchst:

- Silikonformen deiner Wahl
- 6 Blätter Gelatine oder Agar-Agar
- 100 ml Duschgel deiner Wahl
- essbaren Glitzer oder Lebensmittelfarbe

- Bereite zunächst die Gelatine oder das Agar-Agar nach Anleitung zu.
- Vermenge es nun in einer Schüssel mit dem Duschgel.
- Wenn du willst, kannst du noch einen Tropfen Lebensmittelfarbe hinzugeben. Sei aber vorsichtig, zu viel Farbe könnte deine Haut einfärben!
- Füll die Flüssigkeit in die Silikonformen und lasse sie über Nacht im Kühlschrank fest werden.
- Zum Schluss die Duschjellys vorsichtig aus den Formen drücken – und, weil es so toll aussieht, noch mit essbarem Glitzer bestreuen!

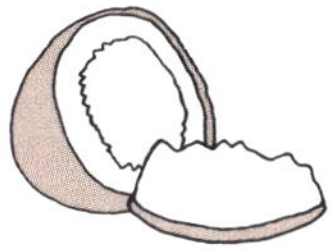

Kokos-Würfel

Suchst du nach einem einfachen Duschgel, das die Haut toll pflegt? Probiere doch diese Kokos-Würfel, die auch noch wunderbar riechen!

Du brauchst:

- 1/3 Tasse flüssige Seife oder Duschgel
- 1/2 Tasse Kokosmilch aus der Dose
- 1 TL Kokosöl

- Mische alle Zutaten zusammen und fülle sie in einen Eiswürfelbehälter.
- Du kannst hier auch kreativ werden und verschiedene Silikonformen verwenden.
- Anschließend musst du das Ganze nur noch über Nacht ins Gefrierfach stellen!

BODYPEELINGS

zum Selbermachen

Für schöne Haut und gleichmäßige Sommerbräune ist gepeelte Haut ein Muss! Wir zeigen dir, wie du mit nur wenigen Zutaten schnell und günstig ein eigenes Peeling zaubern kannst.

Dafür-hast-du-alles-zu-Hause-Peeling

- 60 g Kristallzucker
- 3–4 EL Olivenöl

Vermenge beide Zutaten und schon hast du eine tolle Basis für ein DIY-Peeling. Aufpeppen kannst du das Ganze noch mit ätherischen Ölen, Obst oder anderen kreativen Inhaltsstoffen.

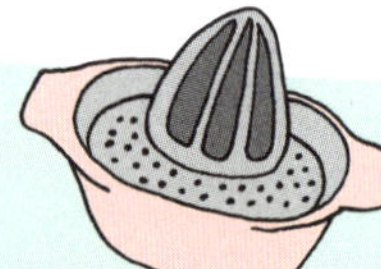

Belebendes Peeling

- 70 g Kristallzucker
- gepresster Saft von einer ganzen Zitrone
- 40 g Kokosöl

Dieses Peeling wirkt super gegen Pickel und Mitesser!

Straffendes Peeling

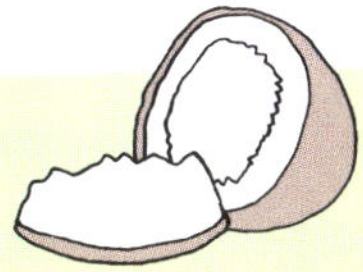

- 60 g Meersalz (oder Bademeersalz)
- 1 EL Kokos- oder Traubenkernöl
- 1 EL Kaffeesatz

Das Kaffee-Peeling lässt dich noch mehr strahlen! Die Haut wird mit Nährstoffen versorgt und das Hautbild verbessert sich.

Beruhigendes Peeling

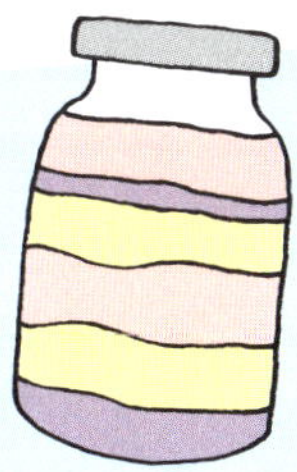

- 70 g Kristallzucker
- 60 g Kokosöl
- 2 TL Lavendelblüten
- 3 Tropfen Lavendelöl

Nach einem anstrengenden Tag wirkt dieses entspannende Peeling wahre Wunder!

!

„Diese Peelings eignen sich auch perfekt als Geschenke! Mit Zuckerstreuseln oder ein paar Tropfen Lebensmittelfarbe kannst du coole Effekte erzeugen. Wer ganz kreativ ist, kann sogar mehrschichtige Regenbogen-Peelings zaubern."

DIY-KNETSEIFE

Knetseife eignet sich nicht nur zum Händewaschen, sie ist auch eines der wohl einfachsten DIYs für den Körper!

Du brauchst:

- Duschgel oder Flüssigseife
- Maisstärke
- Lebensmittelfarbe
- Ätherisches Öl

- Vermenge das Duschgel oder die Flüssigseife mit Maisstärke, bis die Mischung eine glatte Konsistenz annimmt.
- Um das Duschgel zu verschönern, kannst du noch ein wenig Lebensmittelfarbe oder spezielle ätherische Öle hinzugeben.
- Den Teig einfach ausrollen und mit Keksformen ausstechen.

In einem Glas sieht das Ganze wirklich toll aus!

Bye-bye TROCKENE HAUT

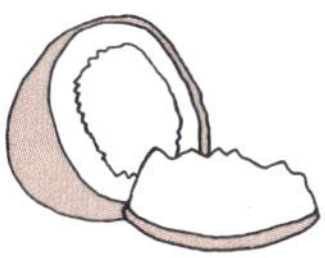

Egal ob im Sommer durch die Hitze oder im Winter wegen der trockenen Heizungsluft: Unsere Haut ist häufig trocken.

Doch mit diesen Tipps hat das ein Ende:

- Reib deine Füße vor dem Schlafengehen mit Oliven- oder Kokosöl ein und ziehe dann bequeme Baumwollsocken an. So können die Pflegestoffe über Nacht einwirken und du wachst mit superweichen Füßen auf.

- Benutz Sheabutter, Kokos- oder Olivenöl, wenn mal keine Handcreme griffbereit ist.

- Trag nach dem Duschen vorsichtig Olivenöl auf deine Haut auf und spül es dann ab. Dadurch wird deine Haut geschmeidig und glänzend. Vorsicht: Die Wanne könnte durch das Öl rutschig werden!

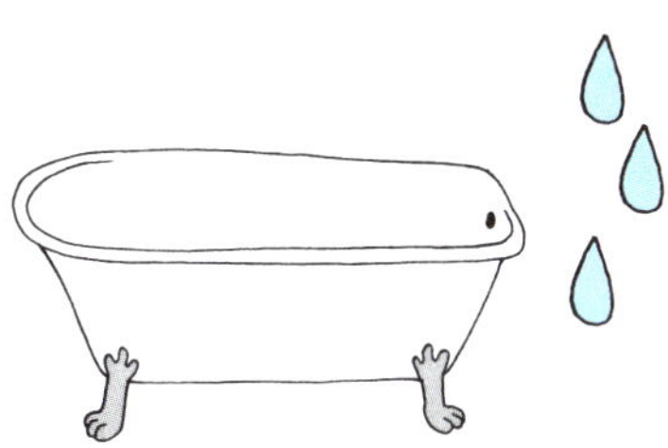

NAGEL Hacks

Gesunde und gepflegte Fingernägel sind ein absolutes Muss!

Dafür solltest du Folgendes beachten:

Wenn du mit Chemikalien putzt oder mit Farbe bastelst, solltest du immer Plastikhandschuhe als Schutz für deine Hände und Nägel tragen.

Verwende deine Nägel niemals, um etwas zu öffnen. Das strapaziert sie nur unnötig.

Pflege deine Hände, Nägel und die Nagelhaut mit feuchtigkeitsintensiver Lotion.

Nagellack solltest du vor allem im Sommer im Kühlschrank lagern. Durch die niedrigere Temperatur lässt sich der Lack leichter auftragen und hält länger.

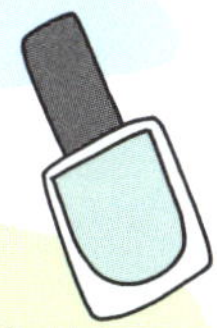

Wenn sich ein Nagellack mal nicht öffnen lässt, wickle am besten ein Gummiband mehrmals um den Verschluss. So hast du mehr Halt und rutschst beim Aufmachen nicht ab.

Vor dem Entfernen des Nagellacks solltest du eine Handcreme benutzen. Die trockenen Stellen rund um das Nagelbett nehmen so nämlich die Farbreste des Lacks nicht auf.

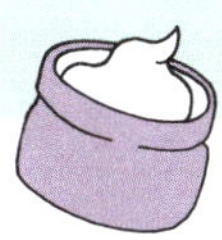

Glitzernagellacke sind häufig schwer aufzutragen, weil sich der Glitzer nie gleichmäßig auf den Nagel streichen lässt. Abhilfe schafft hier ein kleiner Schwamm, mit dem du die Glitzerpartikel viel besser verteilen kannst.

Schönheit kommt von innen

AUF DIE *inneren Werte* KOMMT ES AN

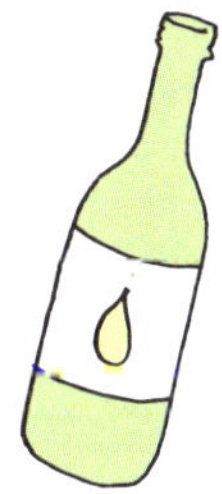

Diese Lebensmittel sind nicht nur lecker, sondern machen auch eine tolle Haut:

- **Olivenöl:** spendet Feuchtigkeit und balanciert den pH-Wert des Körpers aus
- **Chia-Samen:** versorgen den Körper mit Nährstoffen für mehr Gesundheit und Schönheit

- **Kürbiskerne:** helfen bei der Zellregeneration und stärken schwache Haut
- **Wassermelone:** ein vitaminreicher und erfrischender Snack, der die Haut schützt und regeneriert

- **Blumenkohl:** gut für die Haut, denn er unterstützt ebenfalls deren Zellregeneration
- **Walnüsse:** tragen dazu bei, dass die Haut Feuchtigkeit besser speichern kann

BEAUTY & FOOD

Gesunde Ernährung macht schön!

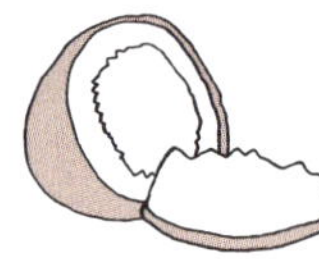

- Anstatt in Stresssituationen zu Süßigkeiten zu greifen, solltest du deinem Körper etwas Gutes tun. Wähle einen Snack, der gesund ist. Wie wäre es zum Beispiel mit Karotten, Beeren oder Kokosnuss?

- Wenn du dich trotz ausreichend Schlaf müde fühlst, hast du wahrscheinlich zu wenig getrunken. Achte darauf, dass du genügend Wasser zu dir nimmst. Auch Lebensmittel wie Wassermelonen oder Orangen, die viel Flüssigkeit enthalten, können dir dabei helfen.

! „Ich stelle mir stündlich einen Wecker, der mich daran erinnert, mehr Wasser zu trinken."

- Joghurt-Drops zum Selbermachen! Setze kleine Kleckse deines Lieblingsjoghurts auf einen mit Backpapier ausgelegten Teller. Nach einer Stunde im Gefrierfach hast du einen erfrischenden Snack.

Trink mehr WASSER!

Wasser ist unfassbar wichtig für unseren Körper. Wer zu wenig trinkt, bekommt schnell dunkle Augenringe oder rissige Haut.

Mit diesen Hacks nimmst du genügend Flüssigkeit zu dir:

Trinke gleich nach dem Aufstehen ein Glas Wasser!

Wenn dir Wasser zu langweilig schmeckt, greife doch zu Gurkenscheiben, Beeren oder Minze. Mit wenigen Handgriffen hast du so gleich mehr Geschmack im Wasser.

Unterwegs solltest du immer eine Flasche mit Wasser dabeihaben. Inzwischen gibt es wirklich coole Flaschen, die fast schon wie Mode-Accessoires aussehen!

Auch in Lebensmitteln ist Flüssigkeit enthalten. Iss also viel Obst oder eine Suppe. So kommst du schnell auf deinen Tagesbedarf.

Schönheitsschlaf

Guter Schlaf ist wichtig für einen entspannten und glücklichen Tag.

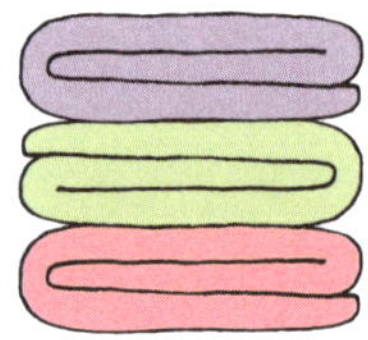

Hier sind unsere besten Tipps für die Nacht:

- Wechsle deinen Schlafanzug und Kissenbezug regelmäßig. Leinentücher und Pyjamas aus Baumwolle sind atmungsaktiv und lassen dich entspannter schlafen.

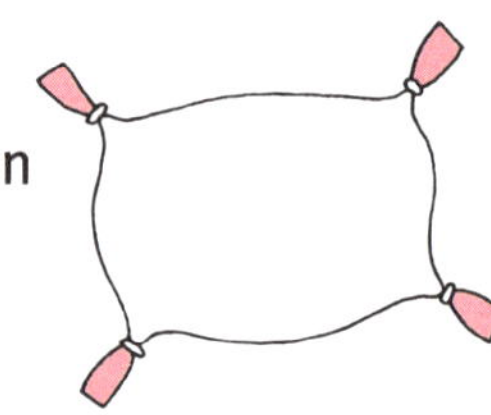

- Bei geschwollenen Augen und Augenringen hilft ein höheres Kissen.

- Lüfte dein Schlafzimmer morgens und abends. Bei niedriger Luftfeuchtigkeit kann ein Befeuchter helfen.

! „Seit ein Luftbefeuchter auf meinem Nachttisch steht, habe ich viel weniger Pickel und keine trockene Haut mehr."

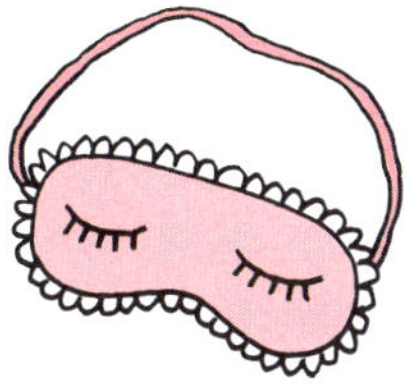

- Achte auf ausreichend Schlaf! Finde heraus, wie viele Stunden Schlaf dein Körper braucht, und richte dich danach.

- Überlege dir ein Einschlafritual. Lies ein Buch oder telefoniere mit deiner besten Freundin.

Wenn du mal nicht einschlafen kannst:

- Lausch Geräuschen, die dich entspannen, wie dem Sound von Regenwald oder Gewitter. Lisa hört sich zum Beispiel gerne den Straßenlärm in New York an.
- Konzentrier dich auf jedes einzelne deiner Körperteile. Denk daran, wie sie immer schwerer werden und ins Bett sinken. Auf diese Weise wirst du von ganz alleine müde.
- Schau vor dem Schlafengehen am besten nicht auf dein Handy. Das blaue Licht gibt deinem Unterbewusstsein das Gefühl, es sei Tag. Falls du es nicht lassen kannst, aktiviere den Nachtmodus – der schont die Augen.

DIE PERFEKTE Morgenroutine

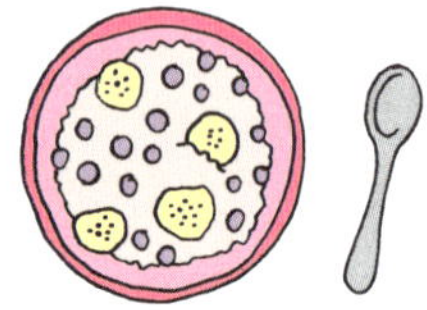

Guter Schlaf ist wichtig für einen entspannten und glücklichen Tag.

- Starte in den Tag mit einem Wecker, der dich mit beruhigender Musik sanft aufweckt.

- Mach dein Bett. Die Bewegung lässt dich wach und munter werden.

- Stretch deinen Körper für mehr Energie! Wenige Minuten Yoga oder ein paar Hampelmänner reichen schon aus.

- Nimm eine Dusche und verwende dabei ein Peeling, um deinen Kreislauf anzukurbeln.

- Zeit zum Frühstücken zu finden ist nicht immer leicht. Doch das Frühstück gilt nicht umsonst als wichtigste Mahlzeit des Tages: Es hebt deine Stimmung und verhindert Heißhungerattacken!

- Unternimm einen Morgenspaziergang. Wenn die Sonne scheint, wirst du automatisch wach.

More Glitter LESS HATE

Wir sind ja bekannt dafür, absolut süchtig nach Glitzer zu sein. Deshalb dürfen natürlich auch bei Make-up und Co. funkelnde Elemente nicht fehlen! Doch Glitzer-Produkte können ganz schön teuer sein. Dabei kannst du sie leicht selbst herstellen:

Den Haaransatz oder die Augenbrauen funkeln lassen? Einfach Haarspray auf ein sauberes Mascarabürstchen sprühen und in Glitzer tauchen!

Wenn breitere Strähnen im Haar glänzen sollen, greifst du am besten auf ein Haargel zurück und puderst den Glitzer vorsichtig darüber.

Glitzer am Körper kannst du mit Vaseline oder einer anderen fettigen Creme auftragen.

Willst du größere Glitzersteine aufkleben? Verwende einfach einen Wimpernkleber!

FÜHL DICH ANDERS –

und nicht nur schön!

In der heutigen Gesellschaft und den Zeiten von Social Media werden wir ständig mit dem perfekten Schönheitsideal konfrontiert. Aber sich „nur“ schön zu fühlen ist nicht alles. Es gibt so viel Wichtigeres als die äußere Hülle.

Notier dir hier all die Eigenschaften, auf die du besonders stolz bist:

Wenn es dir mal schlecht geht, erinnern sie dich daran, wie toll du bist!

Life

HACKS

Abenteuer beginnen da, wo Pläne enden

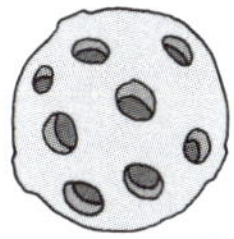

SINN des LEBENS

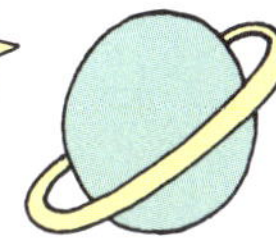

Hast du dich eigentlich schon einmal nach dem Sinn des Lebens gefragt? Warum sind wir überhaupt hier?

Zunächst einmal muss zwischen dem „großen“ und dem „kleinen“ Sinn des Lebens unterschieden werden. Der „kleine“ Sinn bezieht sich auf dich selbst und gibt dir eine Richtung. Was willst du mit deinem Leben anfangen?

Es ist wichtig, sich persönliche Ziele zu setzen. Menschen, die auf etwas hinarbeiten, sind meist erfolgreicher. Doch diese Ziele sollten machbar sein. Idealerweise grenzt du den Zeitraum dafür klar ein.

Ein kurzfristiges Ziel könnte sein, im nächsten halben Jahr deine Mathenote zu verbessern oder in drei Monaten ein Lied auf der Gitarre zu lernen. Als langfristiges Ziel könntest du dir vornehmen, generell gesünder zu essen oder dich mehr zu bewegen. Achte aber darauf, dass das Ziel und auch der Zeitraum realistisch sind.

Schreib dir hier deine drei wichtigsten Ziele auf:

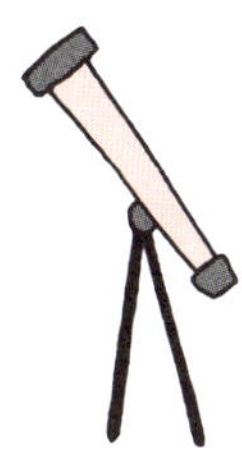

DEINE Strategie FÜRS Leben

Wünschst du dir auch, dass dein Leben perfekt nach Plan verläuft? Hast du schon deinen Traumjob, den perfekten Partner und ein Haus ganz genau im Kopf?

Zu detaillierte Vorstellungen können schwierig sein, weil wir dabei oft vergessen, wie viel wichtiger unsere Fähigkeit ist, Fehler auszubessern. Denn genau dieses „Ausbessern“ macht es uns überhaupt erst möglich, uns unseren Zielen zu nähern.

Der Plan ist also unwichtig – viel wichtiger ist es, die Herausforderungen zu meistern, die das Leben uns liefert.

Es gibt keine perfekte Strategie fürs Leben. Du beginnst mit einem Baustein und baust darauf auf. Dabei kann alles immer wieder ins Wanken geraten. Dann liegt es an dir, deine Bausteine neu zu sortieren.

„Erstelle dir bei kurzfristigen Plänen, wie zum Beispiel Hausaufgaben, eine To-do-Liste. Oftmals hilft das schon weiter, weil unser Kopf weiß, dass wir an die Aufgaben denken und sie wichtig nehmen.“

So erreichst du endlich DEINE ZIELE

Langfristige und oft kompliziertere Ziele erreicht man nur durch Disziplin. Hast du dir zum Beispiel vorgenommen, mehr Sport zu machen und ins Fitnessstudio zu gehen?

Mit diesen Tipps gelingt dir dein Vorhaben mit Sicherheit:

- Such dir feste Tage aus. Dann kommen andere Dinge wie Schule, Freunde oder die Familie nicht spontan dazwischen.
- Frag eine Freundin, ob sie dich begleitet. Zusammen macht es nicht nur mehr Spaß, ihr seid auch eher gezwungen hinzugehen.
- Gönn dir kleine Belohnungen, wenn du deinen Plan befolgt hast. Das müssen keine Süßigkeiten sein, sondern vielleicht ein gesunder Snack oder eine Folge deiner Lieblingsserie.

Diese Tricks funktionieren natürlich auch in vielen anderen Situationen, zum Beispiel beim Lernen. Wichtig ist nur, dass du Durchhaltevermögen hast.

SEI realistisch!

Jeder kennt sie: Erwartungen. In vielen Situationen basteln wir etliche kleine Erwartungs-Origami in unserem Kopf. Viel zu oft werden wir dann aber enttäuscht.

Um das zu verhindern, solltest du Erwartungen in verschiedene Stadien unterteilen:

1. Ich muss es haben.
2. Ich will es haben.
3. Ich erwarte es.

Der erste Satz bedeutet, dass wir etwas haben müssen – es ist für uns wesentlich. Der zweite beschreibt einen Wunsch oder ein Ziel und der dritte schließlich die Erwartung. Häufig werden diese drei Bereiche aber miteinander vermischt oder gar verwechselt.

Wichtig ist also:
Trenne Notwendigkeiten, Ziele, Wünsche und Erwartungen strikt voneinander und setz diese nie zu hoch an. So vermeidest du Enttäuschungen!

Entdecke deine TALENTE

Jeder hat besondere Fähigkeiten. Das Schwierige ist nur herauszufinden, wo sie liegen. Wenn du das entdeckt hast, steht dir nichts mehr im Wege!

Du hast dein Talent noch nicht gefunden? Oder bist gescheitert? Such einfach weiter und gib nie auf! Finde etwas, das du wirklich gerne machst, und dann tu es mit Liebe. Dabei kommt es gar nicht darauf an, wie erfolgreich du bist – Hauptsache, du bist glücklich!

Es ist ganz gleich, wo deine Talente liegen – ob nun in der Fotografie, der Musik oder im Zeichnen. Wichtig ist nur, dass du weißt, was deine Stärken sind und wie du sie am besten einsetzt.

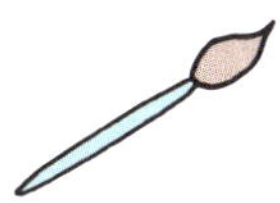

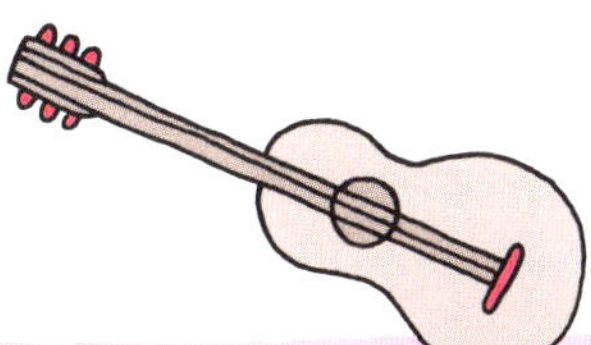

„Ich kann zum Beispiel gut Videos planen, filmen und schneiden – könnte aber niemals ein Musikvideo produzieren. Sei dir deiner Talente bewusst und mach nur das, wobei du dich wohlfühlst!“

Bye-bye PRÜFUNGSANGST

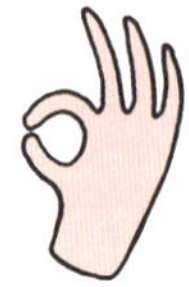

Mit diesen Tipps ist die nächste Klassenarbeit ein Klacks!

Beginn früh genug mit dem Lernen
So kannst du am Abend vor dem Test abschalten und dich entspannen. Dann schläfst du auch besser und hast bei der Prüfung viel mehr Energie!

Starte den Tag so wie jeden anderen
Mit dem gleichen Frühstück und allem, was dazugehört. Diese Routine gibt dir Kraft!

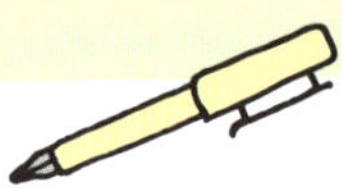

Konzentrier dich auf dich selbst
Halt dich von Menschen fern, die eine schlechte Energie haben und dich an diesem Tag an dir selbst zweifeln lassen könnten.

Visualisiere den Moment

Stell dir die Prüfung ganz genau vor. Geh jeden einzelnen Augenblick durch: von dem Weg zum Klassenzimmer bis hin zum Schreiben des Tests. Sollten irgendwelche negativen Gedanken in deinen Kopf kommen, schieb sie einfach fort!

Atme tief durch

Bleib ruhig. Mach dir bewusst, dass in ein paar Minuten oder Stunden alles schon wieder vorbei ist. Halte dich an diesem Gefühl fest – das lässt dich entspannter werden!

Nimm dir Zeit

Lies dir alle Aufgaben in Ruhe durch. Oft macht man nur Fehler, weil man sich selbst stresst.

Frag nie nach den Antworten der anderen

Es ist sowieso zu spät, etwas zu ändern, und du solltest einfach stolz sein, dein Bestes gegeben zu haben. Jetzt genieß deine Freizeit und denk nicht mehr über den Test nach!

TIPPS & TRICKS

für Hausaufgaben

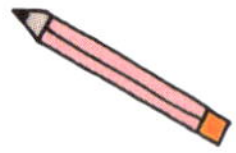

Bring es einfach hinter dich!
Mach die Hausaufgaben, auf die du am allerwenigsten Lust hast, zuerst. Die Hürde, sich selbst zu überwinden, ist dabei am größten. Danach wird dir jede weitere Aufgabe leichtfallen und du wirst froh sein, weil du das Schlimmste schon hinter dir hast.

Von schnell nach langsam
Wenn alle Hausaufgaben in etwa gleich wichtig sind, setze dich zunächst an die leichteren. Dann hast du schon einiges abgehakt und das Gefühl, nicht mehr so viel zu tun zu haben.

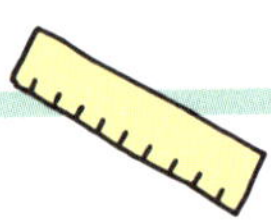

Zauberwort Multitasking
Uns wird häufig eingeredet, dass wir möglichst viel gleichzeitig tun sollen. Multitasking ist da das Zauberwort. Viel besser ist es aber, sich auf eine Aufgabe nach der anderen zu konzentrieren. So wirst du Dinge viel schneller und sorgfältiger erledigen.

Think
Happy
Thoughts

TIPPS ZUM Glücklichsein

Bist du unglücklich? Hier sind unsere besten Hacks, um das ganz schnell zu ändern:

Finde das Schöne in jeder Situation
Achte auf die vielen schönen Dinge im Leben. Sei es der Geschmack des Tees am Morgen, der Duft einer Blume, das Bellen eines Hundes in der Ferne oder das angenehme Gefühl deines Lieblingsbalsams auf den Lippen.

Geld allein macht nicht glücklich
Oft überschätzen wir den Einfluss von Gegenständen auf unser Wohlbefinden und unterschätzen den Wert von Erlebnissen. Eine schöne Erfahrung zu machen ist so viel mehr wert als ein neues Handy oder teure Sneaker.

Führe ein Tagebuch
Manchmal kann es hilfreich sein, sich seine Gefühle und Gedanken zu notieren. Wenn du nachts mal vor lauter Sorgen nicht schlafen kannst, schreib einfach alles, was dir durch den Kopf geht, auf. Das allein kann schon unglaublich beruhigend sein.

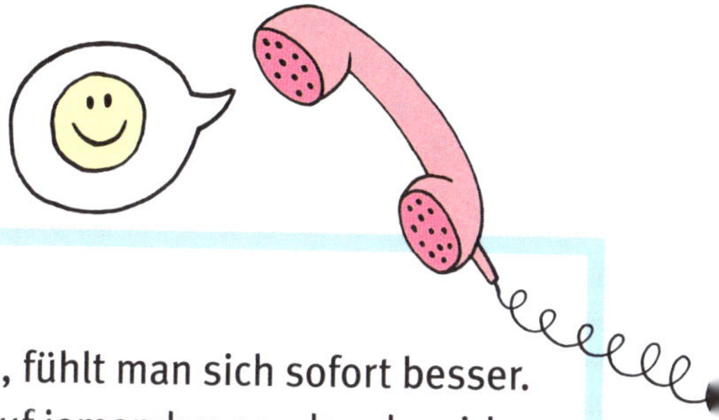

Reden hilft

Hört man eine vertraute Stimme, fühlt man sich sofort besser. Wenn du also unglücklich bist, ruf jemanden an, den du wirklich magst. Ob ihr gemeinsam über deine Probleme oder über andere Themen wie glückliche gemeinsame Erinnerungen sprecht, ist dabei ganz egal.

Nie mehr Streit

Streit belastet und macht unglücklich. Dabei kannst du ihn ganz leicht verhindern: Hör einfach zu. Viele Diskussionen und Meinungsverschiedenheiten entstehen überhaupt erst, weil man seinem Gegenüber nicht gut genug zuhört.

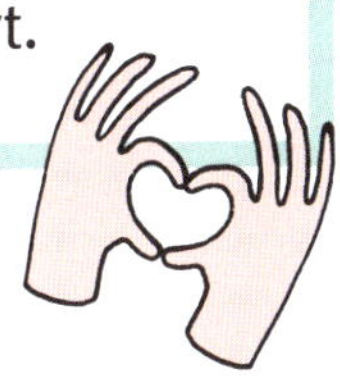

Hilf jemandem

Wenn du mit den Belastungen in deinem Leben nicht klarkommst, hilf jemand anderem. Das schenkt dir nicht nur ein Gefühl von Zufriedenheit, sondern lässt dich auch deine eigenen Probleme aus einem anderen Blickwinkel sehen.

Strategien für mehr GELASSENHEIT

Unsere Tipps gegen Trübsal!

Erstens: Akzeptiere die Situation

Was auch immer dich beschäftigt: Stell dich der Situation. Je früher du sie akzeptierst, umso besser wird es dir gehen. Fällt dir das schwer, dann such dir einen guten Freund oder ein Familienmitglied und besprich das Problem mit ihm.

Zweitens: Arbeite langfristig an deinen Problemen

Wann immer dir eine große Entscheidung bevorsteht, schreib dir ganz genau auf, was dir durch den Kopf geht. War eine Entscheidung nicht richtig? Anhand deiner Notizen kannst du nun herausfinden, wo du falschgelegen hast. Mit jedem Fehler kannst du es also zukünftig besser machen.

„Im Leben ist es ganz normal, ab und an einen Fehler zu machen. Der Schlüssel zum Glück ist, das Problem zu erkennen und es an der Wurzel zu packen. Denn Probleme werden nicht besser mit der Zeit – sie werden nur größer."

Positives DENKEN

Je positiver du eingestellt bist, umso glücklicher wirst du sein!

Mit dieser kleinen Übung für die nächsten zehn Tage wird es dir ganz leicht gelingen!

- **Schreib drei Dinge auf, für die du dankbar bist.**
- **Tu jeden Tag etwas Gutes.**
- **Halt den schönsten Moment deines Tages fest.**

Positives Denken erfordert Übung. Doch nach zehn Tagen wirst du erkennen, wie viele wundervolle Erlebnisse du täglich hast.

Hacks GEGEN STRESS

Tief durchatmen
Schließ die Augen und atme tief durch die Nase ein. Zähle dabei bis fünf. Atme dann langsam aus, während du bis sieben zählst. Je öfter du diese Übung wiederholst, umso leichter wirst du runterkommen.

Beruhigende Sounds
Es gibt online super Playlists, in denen Geräusche wie Regen oder andere Sounds zur Entspannung zusammengestellt sind.

Finger-Workout
Es macht nicht nur Spaß, mit Squishies zu spielen, sie sind auch tolle Anti-Stressbälle und beruhigen dich, wenn es mal hektisch wird.

It's tea o'clock
Gönne dir eine warme Tasse Tee. Am besten entspannst du mit grünem Tee, der erfrischt und belebt den Geist.

Ruhe in Meditation

Mach deine Augen bewusst für ein paar Minuten zu und versuch dich an einer kurzen Meditation. Schieb deine Sorgen von dir und genieß einfach den Moment.

Lass die Sinne wirken

Schnapp dir ein Glas frischen Gemüse- oder Obstsaft. Das sorgt für die nötige Vitaminzufuhr und der Fruchtzucker gibt dir neue Energie.

Geh spazieren

Gönne dir fünf Minuten Pause und mach einen Spaziergang. Ganz gleich, wie das Wetter ist und wo du gerade bist, wenn du draußen die frische Luft einatmest, werden Glückshormone ausgeschüttet.

Lass einfach los

Es gibt zwei Arten von Problemen: die, die wir lösen können, und die, die wir nicht lösen können. Akzeptiere, dass es Dinge gibt, die außerhalb deiner Kontrolle liegen und die du nicht ändern kannst. Dadurch wird dein Stresslevel erheblich sinken!

KLEINES BUCH DER Sorgen

Du liegst nachts im Bett und machst dir Sorgen über den anstehenden Mathetest oder den Streit mit deiner besten Freundin? Das ist zwar ganz natürlich, zu viele Sorgen sind aber auf Dauer ungesund.

Solltest du dir regelmäßig über die verschiedensten Dinge den Kopf zerbrechen, haben wir einen guten Hack für dich:

- Notier dir in einem Notizbuch, das du „Mein kleines Buch der Sorgen" nennst, jeden Tag, was dich gerade beschäftigt.
- Durch das Aufschreiben beginnst du bereits damit, an deinem Problem zu arbeiten.
- Mit der Zeit wirst du merken, dass dich häufig die gleichen Probleme beschäftigen. Mithilfe deines Sorgenbuchs kannst du sehen, wie sie sich langfristig entwickeln und schlussendlich sogar ganz auflösen.

DU BIST TOLL!

Jeder kennt diese Momente: Man hat das Gefühl, bei allem zu versagen. Sei es in der Schule, bei Hobbys, im Sport oder in Freundschaften. Das passiert uns allen und ist ganz normal.

Solltest du aber häufig den Gedanken haben, dass du nicht gut genug bist, kann das wirklich schlechte Auswirkungen auf dich haben. Wenn du dich das nächste Mal mies fühlst, denk daran, dass jeder solche Momente hat. Schreib dir dann die letzten drei Dinge auf, die du erreicht hast und auf die du wirklich stolz bist. So fällt positives Denken gleich viel leichter!

Diese drei Errungenschaften kannst du hier notieren:

!

„Wiederhole immer wieder diesen Spruch: Ich bin selbst verantwortlich für mein Glück."

Glücklichmachen
GANZ ALTMODISCH

Hallo Cutienator,

wenn du jemanden glücklich machen willst, kannst du das auf eine ganz altmodische Art und Weise tun.

Heutzutage wird viel zu viel online und digital kommuniziert. Greif doch mal zur Postkarte oder zu einem Brief und sende einer Person, die du magst, eine nette Nachricht. So wird dieser Mensch deine Worte viel intensiver wahrnehmen. Und was an einem handgeschriebenen Brief besonders toll ist: Man kann ihn aufhängen und sich immer wieder daran erfreuen. Eine WhatsApp-Nachricht hast du dir vermutlich noch nie aufgehängt, oder?

Lisa ♡ Joanna

Mach anderen ein KOMPLIMENT!

Kennst du das? Du bekommst ein Kompliment und der Tag wird sofort besser. Deine eigenen positiven Eigenschaften lernst du dadurch gleich viel mehr zu schätzen. Komplimente geben dir einen regelrechten Selbstbewusstseins-Boost!

Damit kannst du auch anderen ganz leicht eine Freude bereiten. Mach jemandem ein ehrliches, von Herzen kommendes Kompliment und verschönere seinen Tag! Erhältst du selbst ein Kompliment, bedanke dich und verinnerliche das, was gerade an dir geschätzt wurde.

Wenn du dich mal schlecht fühlst, kannst du dich immer wieder daran erinnern und schon bessert sich deine Laune wie von selbst.

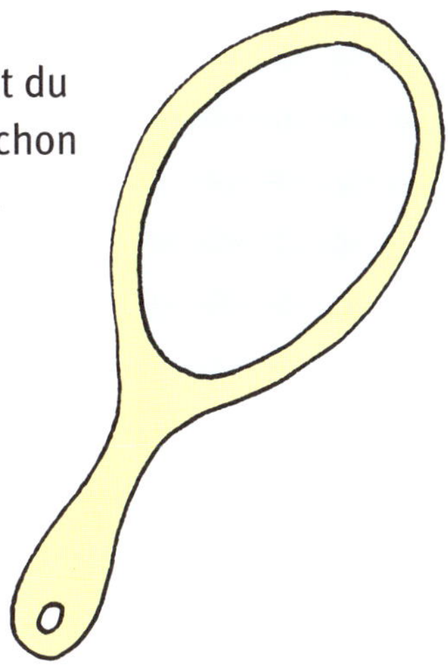

Was andere ÜBER DICH DENKEN

Wie andere Menschen dich sehen, hat meist wenig damit zu tun, wie du wirklich bist. Ihre Meinung ist häufig gar nicht so wichtig, wie du denkst.

In den Zeiten von Social Media sind wir mit Likes, Kommentaren und Followern konfrontiert und streben oftmals ein Ideal an, welches gar nicht unser echtes Leben darstellt. Ob du online viele Dislikes bekommst oder „superbeliebt" bist, hat kaum Einfluss auf dein richtiges Leben.

Strebe also nicht danach, online Wertschätzung zu erhalten. Es ist wesentlich bedeutender, dass du mit dir selbst und deiner Leistung glücklich bist!

PERFEKTION

ist ungesund

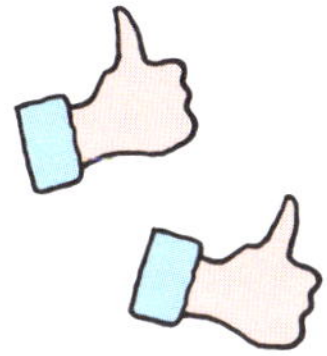

Es ist nichts falsch daran, sich selbst hohe Ziele zu setzen.

Aber Perfektion erlangen zu wollen, ganz gleich ob mit den besten Noten, einem durchtrainierten Body oder etwas anderem, kann wirklich ungesund sein.

Sei dir deshalb bewusst, dass selbst die erfolgreichsten Leute auch nur Menschen sind. Social Media verleitet oft dazu, uns mit anderen zu vergleichen. Was man online jedoch nicht sieht, sind die Höhen und Tiefen, die es in jedem Leben gibt.

Erlaube dir selbst, Fehler zu machen, dann wirst du ein entspannteres Leben führen. Wenn du dich mal schlecht fühlst, erinnere dich an deine Stärken, an das, was du bisher erreicht hast und worauf du stolz bist.

!

„Manchmal kann es auch helfen, ein bisschen weniger auf Social Media unterwegs zu sein."

EINFACH MAL abschalten

Es ist herrlich, mit seinen Freunden immer schnell online in Kontakt sein zu können. Gerade in unserem Beruf nimmt Social Media täglich die meiste Zeit ein. Viele unbeantwortete Messages und Benachrichtigungen können aber zu Stress führen. Deshalb solltest du bewusst auf deinen Social-Media- und Handykonsum achten.

! Schaffe dir deine eigene Offline-Zeit! Wir sind während des Abendessens oder Spaziergängen bewusst jeden Tag mehrere Stunden ohne Handy unterwegs. Auch beim Lernen ist es besser, das Handy komplett wegzulegen – es lenkt ab und du brauchst nur länger, um deine Arbeit zu erledigen.

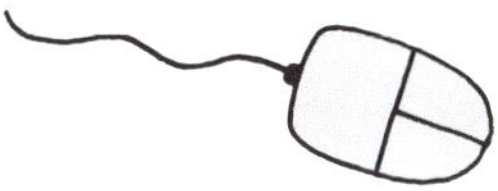

STOPP das SCROLLEN

Vier Fragen, die du dir stellen solltest, wenn du online bist:

- Sehe ich Beiträge, die mich unglücklich machen?
- Folge ich Accounts, die mir das Gefühl geben, lieber jemand anderes zu sein?
- Vergleiche ich mich selbst, mein Leben und meinen Körper mit den Menschen, die ich online sehe?
- Ist die Art und Weise, wie ich Instagram und Co. nutze, gut und vor allem gesund für mich?

Viel zu häufig schauen wir uns Influencer an, die uns an uns selbst zweifeln lassen. Dann fühlt man sich oft unglücklich.

Wenn das so sein sollte, denk darüber nach, warum du diesen Personen überhaupt folgst. Social Media soll dich inspirieren, unterhalten und glücklich machen. Ist das nicht der Fall, such dir andere Accounts oder geh am besten mal ganz offline.

DANKE!

Vielen Dank an alle Leser
und Fans unseres YouTube-Kanals,
vor allem ein riesengroßes Dankeschön
an unsere #cutienator.
Wir lieben euch!

BIOGRAFIE

Joanna Zhou und Lisa Stejskal, zwei der bekanntesten Influencerinnen Österreichs, sind das Power-Duo hinter dem Kanal *Cute Life Hacks*.

Joanna studierte Kunst und Illustration in London und arbeitete als Designerin. Heute hat sie auf Ihren Kanälen insgesamt eine Reichweite von über 2,8 Millionen Followern.

Auf dem deutschen Kanal erklärt Lisa die verrückten Bastelideen und -trends. Vor ihrer YouTube-Karriere schloss Lisa ein Masterstudium in Luxusmarken-Kommunikation ab und arbeitete als PR-Beraterin und Fotografin.

Gemeinsam vereinen sie technisches Know-how mit Design und Marketingwissen.

Love yourself